참된 시작

참된 시작

박노해 시집

느린걸음

1991년 사형을 구형 받고 나오는 박노해 시인

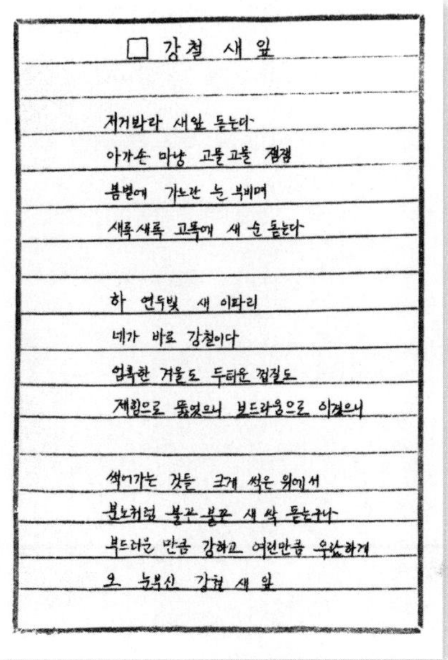
□ 강철 새잎

저거봐라 새잎 돋는다
아가손 마냥 고물고물 잼잼
봄볕에 가느란 눈 부비며
새록새록 고목에 새 순 돋는다

하 연두빛 새 이파리
네가 바로 강철이다
엄혹한 겨울도 두려운 껍질도
제힘으로 뚫었으니 보드라움으로 이겼으니

썩어가는 것들 크게 썩은 위에서
분노처럼 불끈 불끈 새 싹 돋는구나
부드러운 만큼 강하고 여린만큼 우람하게
오 눈부신 강철 새잎

감옥에서 집필한 『참된 시작』 육필 원고

차례

1 그해 겨울나무

2 강철 새잎

3 이 땅에 살기 위하여

1

그해 겨울나무

경주 남산 자락에 나를 묻은 건

바람 찬 날이다
경주 남산
민들레 꽃씨는 바람에 날리고
바람 속에서
바람을 품고
천 년의 긴 호흡으로
경주 남산 자락에 나를 묻은 건
바람이었나 하늘이었나

밤새 독거방 낡은 창은 덜컹대고
감시등 불빛 아래
유유히 떠도는 민들레 꽃씨처럼
내 영혼은
저문 들길 지나 낯선 산굽이를 돌아서는
출가승의 옷자락처럼 허허로운데
무겁구나 지나온 날
깊어가는 상처는 그칠 줄 모르고

사흘 밤낮 몹시 아픈 날

스스로 삭발을 하고
찬 마룻바닥에 모로 누워
나직이 토해내는 신열의 부르짖음
무너졌다, 패배했다, 이렇게
흐르는 눈물 흐르는 대로
그래, 지금 침묵의 무덤을 파고
나를 묻는다 나를 암장한다

숨죽인 호곡처럼
머리 푼 밤바람은 쓰러지는데
어둠 속으로 얼굴들이 흐르고
해가 길어지고 해가 짧아지고
이슬 내리고 눈이 내리고
죄닦음이 다하고 눈 맑아진 어느 날
내 속 어딘가에 숨어있던 씨앗 하나
피투성이 목숨으로 품어온 씨앗 하나

마침내 싹이 틀까
젖어드는 눈 감으면 벽 그림자

상처 속에 싹트는 씨앗 하나로

경주 남산 자락에 나를 묻은 건

아아 바람이었나 하늘이었나

*이 시와 다음 시는 경주교도소 이감 직후인 1992년 4월,
접견창구를 통해서 누나가 받은 것임.

바람 잘 날 없어라

바람 잘 날 없어라
내 생의 길에
온 둥치가 흔들리고
뿌리마다 사무치고

아 언제나 그치나
한 고비 넘으면 또 한 고비
이렇게 살아야 하나
이렇게 싸워야 하나

바람 잘 날 없어라
울지 마, 살아있다는 것이다
오늘 이 아픔 속에 외로움 속에
푸르게 내가 살아있다는 것이다

성호를 긋는다

사형, 사형이다
이렇게 올 것이 온 것이다
호송차는 사이렌 소리를 지르며 밤길을 달리고
붉은 포승줄에 묶여 다시 돌아온 독거방
마룻바닥에 놓인 식은 짬밥 앞에서
침묵의 성호를 긋는다
떨리는 성호를 긋는다

아, 나는 지금 외로운 것이다
나는 지금 붙들고 싶은 것이다
이 운명을 피해보고 싶은 것이다
밧줄에 목 매달리는 불안함도 뼈아픔도
마주치면 다 순간인데
새삼스런 이 울음은
나약한 인간의 애착인가 두려움인가

사랑했던 사람들을 하나하나 불러보며
사라져갈 내 인생 위에 성호를 긋는다
나의 노동과 시와 투쟁의 기억 위에

서러운 애무처럼 성호를 긋는다
검은 천이 두 눈을 가리우는 최후의 순간까지
좀더 의연하지 않으면 안 된다
좀더 순결하고 좀더 아름다운
마지막 미소를 닦아두지 않으면 안 된다

이마에서 심장으로 이어지는
침묵의 성호를 긋는다
삶에서 죽음으로 넘어가는 절정,
그 검은 땅 위에
비가 내리면 비가 내리면
끝내 부활로 이어지고야 말
나의 사랑, 나의 믿음,
아 우리들 혁명의 성호를 긋는다

그해 겨울나무

1

그해 겨울은 창백했다
사람들은 위기의 어깨를 졸이고
혹은 죽음을 앓기도 하고
온몸 흔들며 아니라고도 하고
다시는 이제 다시는
그 푸른 꿈은 돌아오지 않는다고도 했다
세계를 뒤흔들며 모스크바에서 몰아친 삭풍은
팔락이던 이파리도 새들도 노래소리도
순식간에 떠나 보냈다
잿빛 하늘에선 까마귀떼가 체포조처럼 낙하하고
지친 육신에 가차없는 포승줄이 감기었다
그해 겨울,
나의 시작은 나의 패배였다

2

후회는 없었다 가면 갈수록 부끄러움뿐
다 떨궈주고 모두 발가벗은 채
빛남도 수치도 아닌 몰골 그대로

칼바람 앞에 세워져 있었다
언 땅에 눈이 내렸다
숨막히게 쌓이는 눈송이마저
남은 가지를 따닥따닥 분지르고
긴 비명이 하얗게 골짜기를 울렸다
아무 말도 아무 말도 필요 없었다
절대적이던 것들은 무너져 내렸고
그것은 정해진 추락이었다
몸뚱이만 깃대로 서서
처절한 눈동자로 자신을 직시하며
낡은 건 떨치고 산 것을 보듬어 살리고 있었다
땅은 그대로 모순투성이 땅
뿌리는 강인한 목숨으로 변함없는 뿌리일 뿐
여전한 것은 춥고 서러운 사람들,
아 산다는 것은 살아 움직이며
빛살 틔우는 투쟁이었다

3

이 겨울이 언제 끝날지는 아무도 말할 수 없었다

죽음 같은 자기비판을 앓고 난 수척한 얼굴들은
아무데도 아무데도 의지해서는
안 된다는 것을 잘 알고 있었다
마디를 굵히며 나이테를 늘리며
뿌리는 빨갛게 언 손을 세워 들고
촉촉한 빛을 스스로 만들며 키우고 있었다
오직 핏속으로 뼛속으로 차오르는 푸르름만이
그 겨울의 신념이었다
한 점 욕망의 벌레가 내려와
허리 묶은 동아줄에 기어들고
마침내 겨울나무는
애착의 띠를 뜯어 쿨럭이며 불태웠다
살점 에이는 밤바람이 몰아쳤고
그 겨울 내내 뼈아픈 침묵이
내면의 종울림으로 맥놀이쳐갔다
모두들 말이 없었지만 이 긴 침묵이
새로운 탄생의 첫발임을 굳게 믿고 있었다
그해 겨울,
나의 패배는 참된 시작이었다

그리운 사람

그날 그 특이한 작별의 날
차창 밖엔 찬비가 흩뿌리고 있었지
동지들과 비밀모임 뒤 속초를 떠나올 때
서울길 동해바다는 성난 파도 치고
시퍼런 혁명의 바다에 작은 배 한 척,
나는 소리 없는 울음을 깨물고 있었네
그때 동지, 그대가 내 곁에서 울어주고 있었네
아주 절실하게 일치하며 울어주고 있었네

수배길의 내 육신 하루하루 갉아 내리고
홀로이 흐느낌 도끼 자욱처럼 패여가던 날
안간힘으로 얼음산을 타고 오르며 어느덧
사람의 온기도 흔적도 기억마저 얼어붙던 날
소리 없이 전해져온 푸른 숨결 하나
아주 우연인 듯 아니 운명인 듯
나는 양지바른 흙담에 기대앉아 봄볕을 쪼이는
아픈 아이처럼 그렇게 스르르 그대에 기대었네

오늘같이 슬픈 날

내 목숨은 적의 손에 넘어갔고
꺼질 수 없는 이상은 몸을 잃어버린 날
어둠 속 창살에 이마를 기대고 서서
참된 시작을 위하여 나의 전부인 것들을 다시
낯선 것으로, 미지의 것으로, 열려진 것으로,
그 막막한 불안과 비관 앞에 나를 세워두자고 한 날

한 순간에 조직도 동지도 사람들도
차갑게 등 돌리며 떠나간 날
이제 누가 나와 함께 울어줄까
누가 나에게 푸른 숨결 불어넣어줄까
누가 이 패배자를 사람 그 자체로 품어줄까

젖은 눈동자로 말없이 상처 감싸주던 사람
어떤 불행 속에서도 다시 피어날 것을 믿어준 사람
아무것도 바라지 않으면서 최악의 순간에도
나를 판단하지 않고 의혹하지 않고
언제까지나 기다리며 지켜봐 준 사람

아 그대마저 안개 속에 희미해져 가는 날
나는 이제 무엇으로 싸워가나 무엇으로 일어서나
끝 모를 징역 속에 홀로 남은 묵시의 투쟁,
시퍼런 슬픔의 심연 그 끝바닥에 다다르면
나는 다시 서서히 솟아오를 수 있을까
여명의 눈빛으로 다시 살아나올 수 있을까

하루에도 몇 번씩
와락 그리움 치달리는
나의 빛
나의 힘
내 그리운 사람

사형 집행일

희망 없는 날들은 끝이 났다
초조하던 밤들도 멈춰 섰다
철커덩, 자 가지
몸무게만큼 철렁이는 공포도
이 아침으로 끝이 났다

해도 뜨지 않았다
아침이면 창살 너머에서 울던
까치마저 귀신처럼 찾아오지 않았다
철커덩, 한 목숨
철커덩, 또 한 목숨

무거운 침묵 깔린 긴 사동 복도
창백한 얼굴 들어 눈인사 던지며
이승과 저승의 갈림길로
휘청 넘어질 듯 떠나는 뒷모습
희망 없는 세상도 목매었는가

잘 가라 험한 길

사형수 선배라고 식사 때마다
혁수정 찬 손으로 반찬 챙겨 보내던 사람
다시 태어나면 의로운 일 하고 싶다며
솔아 솔아 푸르른 솔아 따라 부르던 사람
한 많고 죄 많은 사람아 먼저 잘 가라

한 번만 더 생의 기회가 주어지기를
낮게 낮게 부르짖다 순명하던 날
이렇게 나는 살았고 너는 가는가
비누곽에 민들레꽃 심어준다던
봄은 아직도 아득히 멀은데
아 눈이라도 푹푹 쏟아져 내렸으면

마지막 시

여기는 안기부 지하밀실 151호. 체포된 지 열흘쯤 된, 날짜조차 알 수 없는 저녁. 체력은 소진되어 자꾸만 헛소리와 환영에 시달린다. 나는 이제 정신을 잃어가고 있다. 동지들을 지키기 위해 더 이상 다른 방법이 없다. 없다. 자결을 앞두고 마지막 남은 기력을 짜내어 이 시를 쓴다.

거대한 안기부 지하밀실
끝 모를 이 시대의 막장*
소리쳐도 절규해도 흡혈귀처럼
남김없이 빨아먹는 절망의 방음벽
24시간 눈 부릅뜬 저 쌔하얀 백열등
불어 불엇, 끝없이 이어지는 폭행과
온 신경이 끊어 터질 듯한 고문의 행진

이대로 무너져서는 안 된다
여기서 무너질 수는 없다
차라리 목숨을 주자
지금이 그때라면 여기서 죽자
앙상한 이 육신을 내던져
불패의 기둥으로 세워두자

사랑하는 동지들
내 모든 것인 살붙이 노동자들
내가 못다한 엄중한 과제
그대들 믿기에 승리를 믿으며
나는 간다 죽음을 향해
허청허청 나는 떠나간다

이제 그 순간, 결행의 시간이다
서른다섯의 상처투성이 내 인생
떨림으로 피어나는 한줄기 미소
한 노동자의 사랑과 분노로 쓴
지상에서의 마지막 시
최후의 생의 외침

'가라 자본가세상, 쟁취하자 노동해방'

*막장: 안기부원들은 24시간 햇빛 한 점 들지 않는
지하밀실 고문장을 막장이라고 부르고 있었다.

그대 나 죽거든

아영아영 나 죽거든
강물 위에 뿌리지마
하늘바람에 보내지 말고
땅속에다 묻어주오
비 내리면 진 땅에다
눈 내리면 언 땅에다
까마귀 산짐승도 차마 무서워
뒷걸음쳐 피해가는 혁명가의 주검
그대 봄빛 손길로 다독다독 묻어주오

나 언 땅 속에 길게 뿌리 누워
못다 한 푸른 꿈과 노래로 흐를 테요
겨울 가고 해가 가고 나 흙으로 사라지고
홀로 야위어가는 그대… 어느 봄날 새벽,
청초한 함박꽃으로 피어 날 부르시면
목 메인 푸른 깃발로 펄럭이면서
잠든 땅 흔들어 깨우며 살아날 테요

아영아영 나 죽거든

손톱 발톱 깎아주고 수염도 다듬어서
그대가 빨아 말린 흰옷 이쁘게 입혀주오
싸늘한 살과 뼈 험한 내 상처도
그대 다순 숨결로다 호야호야 어루만져
평온한 그대 품에 꼬옥 보듬어 묻어주오
통곡도 눈물도 모질게 거두시고
우리 맹세한 붉은 별 사랑으로
강인하게 슬픔 이겨내 주시길

어느 날인가 그대 날 찾아 땅속으로 오시는 날
나 보드란 흙가슴에 영원히 그댈 껴안으리니

나도 어머니처럼

왜 사느냐고 물으시면
죽지 못해 산다
나를 위해 산다
그렇게 말하지 않으셨다 어머니는

누구를 위한 기도냐고 물으시면
자신이 잘되기 위해
무얼 얻기 위해 기도한다고
그렇게 말하지 않으셨다 어머니는

무얼 위해 그리 애쓰느냐 물으시면
내 한 몸 편하고 빛나기 위해
누가 알아주길 바래 땀 흘린다고
그렇게 말하지 않으셨다 어머니는

어머니는 한번도 삶을 회의하지 않고
남의 탓으로 원망하지 않으며
몸져 아픈 날조차 이마 짚으며
당신의 의무를 소홀히 하지 않으셨다

한평생 어머니는 위해서, 위해서만
당신의 노동 당신의 기도
당신의 젖과 눈물을 온전히
이 못난 자식 위해 바쳐주셨다

그 아들인 나 역시 위해서, 위해서만
살고 죽겠노라고 말할 수밖에 없었다
당신의 삶과 정성을 다 바쳐주신 내겐
그 사랑 내 몸에 가두어둘 권리는 없었다

끝내 죽음 앞에 세워져
죽음만은 피해가고 싶던 그 순간에도
나도 어머니처럼 성실하고 치열하게
온몸 바쳐 투쟁할 수밖에 다른 길은 없었다

때늦은 나이

오늘로 내 나이 서른다섯
부러진 칠십이라 하던가
상처만큼 살았고 겪어온 나이

부드럽고 나직한 것이
더 힘차다는 것을 아는 나이
불타는 투혼에 묻혀진
부끄러움을 아는 나이

말 한 마디 글 한 편 결정 하나에
묻고 확인하고 다시 돌아보며
운동한다는 것이 젖먹이 아가를 품은 듯
떨리는 걸음임을 아는 나이

한 시절 모든 것이 선명했던 투쟁 속에서
깨질 것은 깨어지고 무너질 것은 무너져 내려
스스로 창조의 걸음을 내딛어야 하는 나이

서른다섯 생일날

감옥 독방 찬 바닥에 짬밥을 놓고
사과 한 개 초코파이 한 개 차려놓고
나이만큼 절실한 식사 기도를 드리니

더 겸허하고 성실하게 나아가게 하소서
더는 늦지 않게 그러나 서둘지 말고
새벽 종울림으로 울어 나 흐르게 하소서

닭갈비

징역 참 좋아졌다
일요일 저녁차림은 기름진 닭죽이네
소지 녀석 신경 써서 건져준 왕건이가
막상 받아보니 닭갈비 덩어리
버리자니 아깝고 뜯자니 엔간찮아
젓가락으로 뒤적뒤적 망설이다가
혹시 나, 닭갈비 같은 존재는 아닌가

뜻과 주장은 좋으나 나타나는 건 앙상하고
인간평등, 민주진보, 노동해방, 혁명투쟁,
거 제껴두자니 아깝고 먹자니 뼈만 걸리는
꼭 닭갈비와 같은 존재

지금 우리,
마치 닭갈비 같은 처지는 아닌가
몸 바쳐 외쳐온 양심과 도덕성은 믿어주지만
복잡한 오늘의 현실을 끌어갈 전문성과 책임성은
피 흘려 투쟁해온 선의와 헌신은 존중하지만
이 국가를 경영해나갈 실제 능력과 경륜은

감은 눈 들어보니 세계는 급변하고
민심은 저만큼 달라져가고 있는데

나 그리고 우리,
더 늦기 전에 더 굳기 전에
실한 닭다리로 바쳐져야겠네
우리의 깃발 우리의 조직 우리의 실천은,
먼저 우리들 사람과 생활 그 자체가
매력 있는 일꾼으로 다시 태어나야겠네
더 늦기 전에 더 굳기 전에

눈물의 김밥

새벽 두 시 김밥을 먹는다
피 멍든 몸을 떨어가면서
갈라터진 입술에 침 적셔가며
안기부 지하밀실 야식을 먹는다
방금까지 비명 터지던 고문장에서
목 메인 김밥을 씹어먹는다

마른버짐 볼에 핀 어린 날인가
소풍 가서 먹었지 달디단 그 김밥
잔업 때 억지로 삼키던 팍팍한 매점 김밥
지난 여름이었지 울산 가는 기차를 타고
그대와 함께 먹던 그리운 열차 김밥

앞으로 아홉 밤—
살아 나가자 기어코, 살아서 살아서
이 참혹한 고문의 밤들을 끝끝내 뚫고
떳떳한 목숨으로 살아 나가자

만약 나 살아 나간다면

언젠가 어느 날인가 살아서
온몸에 햇살 다시 받는다면
사랑하는 사람들과 김밥을 싸 들고
아주 천천히 천천히 걸어가보리라
가서 들꽃처럼 정결한 웃음에 젖어
촉촉한 눈물의 김밥을 먹으리라

술냄새 풍기는 건장한 고문자들에 싸여
군복에 검정 고무신 신고 짐승처럼 떨며
꾸역꾸역 모멸찬 김밥을 먹는다
안기부 지하밀실 고문장, 잠시 후 시작될
처절한 공포의 순간들을 씹으며
피맺힌 분노와 두려움을 씹으며
새벽 두 시 눈물의 김밥을 먹는다

가다 가다가

가다 가다가
눈보라 몰아치거든
허리 꺾인 억새풀로
얼었다나 가지

가다 가다가
서릿발 돋쳐오거든
서걱서걱 맨발로
찍히고나 가지

가다 가다가
지쳐 쓰러지거든
들판에 짚벼늘로
추운 잠 자고 가지

어쩌끄나 어쩌끄나
언 땅에 내 살붙이들
해도 없이 별도 없이
어둠 속에 세워두고

아득히 떠나가는 긴 유형길

가다 가다가
외로움 사무치면은
짐승처럼 치받치는 슬픔
우우 밤바람으로 울며 가야지

가다 가다가
끝내 다 못 가거든
푸른 깃발 붉은 목숨
세워나 두고 가지

가다 가다가

민들레처럼

일주일의 단식 끝에
덥수룩한 수염 초췌한 몰골로
파란 수의에 검정 고무신을 끌고
어질어질 끌려가고 있었습니다
굴비처럼 줄줄이 엮인 수인들 사이에서

"박노해씨 힘내십시오"
어느 도적놈인지 조직폭력배인지
노란 민들레꽃 한 송이
묶인 내 손에 살짝이 쥐어주며
환한 꽃인사로 스쳐갑니다

철커덩, 어두운 감치방에 넣어져
볼에도 대어보고 코에도 대어보고
눈에도 입에도 맞춰보며 흠흠
꽃 한 송이로 번져오는 생명의 향기에 취해
아— 산다는 것은 정녕 아름다운 것이야

그러다가 문득, 내가 무엇이길래

자세를 바로잡고 민들레꽃을 바라봅니다
어디선가 묶인 손으로 이 꽃을 꺾어
몰래 품에 안고 와 내 손에 쥐어준
그 분의 속뜻을 마음에 새깁니다

민들레처럼 살아야 합니다
특별하지 않아도 빛나지는 않아도
흔하고 너른 들풀과 어우러져
모두 다 봄의 주체로 서로를 빛나게 하는
민들레의 소박함으로 살아야겠습니다

봄비 뿌리면 그 비를 마시고
바람 불면 서로 맨살 부대끼며
논두렁이건 뚝방이건 아스팔트건
폐유에 절은 공장 화단 모퉁이까지
그 어느 험난한 생존의 땅에서건
끈질긴 생명력으로 당당하게 피어나는
민들레 뜨거운 가슴으로 살아야겠습니다

자신에게 단 한번 주어진 시절
자신이 아니면 꽃피울 수 없는 그 자리에
거침없이 피어나 정직하게 피어나
온몸으로 부딪치며 봄을 부르는
민들레의 치열함으로 살아야겠습니다

가진 것도 내세울 것도 없는 우리는
기꺼이 밟히고 깨지고 또 일어서며
피를 말리고 살을 말려 봄을 진군하다가
마침내 바람 찬 허공에 수천 수백의 꽃씨로
장렬하게 산화하는 아 민들레 민들레
그 민들레의 투혼으로 살아가겠습니다

고문으로 멍들은
상처투성이 가슴 위에
노오란 민들레꽃 한 송이 받아 들고
민들레처럼 민들레처럼
그렇게 저는 다시 설 것입니다

2

강철 새잎

모과 향기

울퉁불퉁 참 지 맘대로 생겨뻔졌네
그래서인가 어째 이리 향기가 참한지
문풍지 우는 겨울 앞에서
그대에게 가져다 줄 모과를 써네
회오리바람 머리채 끄는 위기의 시대에
서늘하게 스미어오는 향기도 슬픔이네
울퉁불퉁 참 지 맘대로 익어온 모과처럼
모순투성이 땅과 바람에 성숙해온 우리,
패인 가슴 흠집마다 향즙 고여들 수 있다면
살마다 피마다 해맑은 투쟁의 향기
의연한 빛살처럼 뿜어오를 수 있다면
찬 시절도 참담함도 이리 뜨겁게 껴안는 것을
상처 위로 다시 찍혀오는 이 아픔마저도

작아지자

작아지자 작아지자
아주 작아지자
작아지고 작아져서
마침내는 아무것도 없어지게 하자

자신을 키우려는 마음도
자신을 지키려는 수고도
작아지면 아주 작아지면
텅 비어 여유로우니

내 사랑의 시작은 작아지는 것
나의 성숙은 더욱 작아지는 것
나의 완성은 남김없이 없어지는 것

작아지고 작아져서
순결한 내 영혼에 세상을 담고
세상의 슬픔과 상처를 담고
마침내는 아무것도 없어진 나

탄식하는 노동의 숨결이 되자
눈물 어린 사랑의 분노가 되자
아무것도 아닌 이 땅의 민중이
그 모오든 것이 되도록 하자

강철은 따로 없다

우리 모두는 무쇠 같은 존재
무르지 않고 굽지 않는
강철은 따로 없다
온몸으로 부딪히고 담금질 당하면
무쇠가 빛나는 강철이 된다

강철의 모습을 보았는가
적개심으로 핏발선 투사의 얼굴이 아니다
열광으로 들떠 있는 쇳소리가 아니다
투쟁의 용광로에서 무르익고 다듬어진
부드럽고 넉넉하게 열려진 가슴,
적과 철저하게 투쟁할수록
안으로 텅 비어 맑고 웅혼한 종울림
그 누구도 거부할 수 없는 강인한 포옹이다

강철은 따로 없다
작은 싸움도 온몸의 열의로 부딪쳐가며
큰 싸움, 빛나는 길로 나아가는 사람이다
우리 모두는 무쇠 같은 존재

강철은 따로 없다

강철 새잎

저거 봐라 새잎 돋는다
아가 손마냥 고물고물 잼잼
봄볕에 가느란 눈 부비며
새록새록 고목에 새순 돋는다

하 연둣빛 새 이파리
네가 바로 강철이다
엄혹한 겨울도 두터운 껍질도
제 힘으로 뚫었으니
보드라움으로 이겼으니

썩어가는 것들 크게 썩은 위에서
분노처럼 불끈불끈 새싹 돋는구나
부드러운 만큼 강하고
여린 만큼 우람하게
오 눈부신 강철 새잎

상처의 문

내 마음밭이 거칠었습니다
내 영혼이 낮은 포복하고 있습니다
어둔 강가에 세워진 나목처럼
겨울로 가는 눈보라를 그냥 맞습니다

지금 세상은 온통 순백입니다
아 지금 나의 침묵은
패배의 무게에 짓눌려
얼음강 짜개지는 신음입니다

이제는 내 거친 마음밭 감추지 말고
있는 그대로 열어 보이게 하십시오
삽과 호미 든 사람들 오갈 때마다
마음껏 찧고 갈아엎게 하십시오

아픈 내 상처의 문
눈물 훔치며 열어두었나니
힘들여 내 마음밭도 갈아엎었나니
당신의 숨결로 부드럽게 골라주어

사랑의 싹이 움터오르게 하십시오

피 흐르는 나의 상처가
내 마음의 문을 닫아걸게 하지 말고
그 상처의 문을 통해 더 많은 포옹과
더 굳센 연대가 이루어지게 하십시오
찍혀진 상처만큼 뜨겁고 새푸른
순결한 투혼이 살아 오르게 하십시오

나는 순수한가

찬 새벽
고요한 시간
나직이 내 마음 살피니

나의 분노는 순수한가
나의 슬픔은 깨끗한가
나의 열정은 은은한가
나의 기쁨은 떳떳한가
오 나의 강함은 참된 강함인가

우주의 고른 숨
소스라쳐 이슬 털며
나팔꽃 피어나는 소리
어둠의 껍질 깨고
동터오는 소리

침묵이 말을 한다

때론 침묵이 말을 한다
사람이 부끄러운 시대
이상이 몸을 잃은 시대에는
차라리 침묵이 주장을 한다

침묵으로 소리치는 말들
말이 없어도 귓속의 귀로
마음속의 마음으로 전해지는
뜨거운 목숨의 말들

아 피 묻은 흰옷들 참혹하여라
아직 말을 구하지 못한 이 백치울음
그러나 살아있는 가슴들은 알지
삶은 불을 잉태하고 있다는 걸

진실은 가슴에서 가슴으로
침묵 속에 익어가고 침묵 속에 키워지고
마침내 긴 침묵이 빛을 터트리는 날
푸른 사람들 소리치며 일어설 것이다

침묵이 말을 한다

침묵이 소리친다

사랑의 적

사랑을 알지 못하는 사람은 불행하다
자신을 전면적으로 내어줄 사랑 하나
키우며 살지 못하는 사람은 불행하다
누군가에게 존재 깊숙한 사랑과 믿음
확인 받지 못하는 사람은 불행하다

사랑을 하면서도 사랑을 받으면서도
그 사랑, 제 한 몸에 가두는 사람은
사랑의 배신자다

사랑 사랑을 노래하면서도
사랑 때문에 애태우고 괴로워하면서도
사랑의 상처와 슬픔에 몸부림치면서도
사랑의 적을 바로 찾지 못한 사람,
그는 진실로 진실로 불행한 사람이다

월요일 아침

월요일 아침이면 나는 우울하다
찌뿌둥한 몸뚱이 무거웁고
축축한 내 영혼 몹시 아프다

산다는 것이 허망해지는 날
힘없는 존재 더욱더 무력해지는 날
일터와 거리와 이 거대한 도시가
낯선 두려움으로 덮쳐 누르는 날
월요일 아침이면 나는 병을 앓는다

날카로운 호루라기로 나를 일으키는
먹고 살아야 한다는 것의 이 엄중함
나는 무거운 몸을 어기적거리며
한 컵의 냉수를 빈속에 흘려 보낸다

푸르름 녹슬어가도록 아직 맛보지 못한
상쾌한 아침, 생기찬 의욕, 울컥이면서
우울한 월요일 아침 나는 또다시
생존행진곡에 몸을 던져 넣는다

김밥 싸야지요

어머니 뭐해요 김밥 싸야지요
오늘은 휴일인데 아침해도 밝네요
고단하신 아버진 가을볕을 먹어야 해요
푸른 하늘물에 시린 눈동자 씻어야 해요

어머니 오늘은 김밥을 싸요
우린 너무 좁게 지냈잖아요
우린 너무 빨리 살았잖아요

텔레비전도 끄고 짜잔한 말도 끄고
오늘은 새소리 물소리 바람소리에
천천히 흙길을 걸어보아요
우린 가슴샘에서 솟아나는 참얘기를
오롯이 나눈 지가 너무 오래 되었어요

산자락을 돌아 들길을 걸으며
아버지 휘파람을 불어주세요
어머니 십팔번을 불러보세요
철이네도 같이 가요 민이네도 불러요

우리 함께 합창하며 둥글둥글 춤추어요

어머니 뭐해요 김밥 싸야지요
오늘은 휴일날, 가을 아침해는 너무 맑은데
아버진 으응 으응 피곤한 신음만 토하시고
어머닌 그으래 그으래 눈도 안 떠지시고
우린 김밥을, 김밥을 싸야 하는데

저 아이가

저 아이가 내 새끼인가
삼엄하고 신성한 법정에서
검은 법복의 하늘같은 판검사님과
지엄한 국가권력을 뒤흔들며
빛나는 말들을 꽃피우는 저 아이가
저 아이가 내 새끼란 말인가

아아 저 아이가
무식한 이 에미가 들어봐도
구구절절이 옳은 말씀을
천둥처럼 힘 있게 쏟아내는구나
단식으로 홀쭉한 몸인데도
온몸을 쥐어짜며 눈물을 삼켜가며
이 에미의 가슴을 울리는구나

나는 몰랐구나 까마득히 몰랐구나
내 몸에서 나온 내 새끼인데도
네 가슴에 사무쳐온 삶의 이야기를
이 못난 에미는 미처 몰랐구나

그저 몸 성하게 공장 다니며 착실히 적금 부어
좋은 사람 만나서 귀여운 아들딸 낳아
살림 잘하고 살기만을 꿈꿔왔으니
회사 말만 깜빡 믿고서 순해빠진 네가
불순세력에 조종당한 줄만 알고 있었으니

학교 못 가 타향객지 공장을 떠돌면서도
너는 이렇게 눈부시게 피어났구나
모진 고생과 가난조차 네겐 스승이었고
온갖 천대와 시련마저 밑거름 삼아
향기로운 국화꽃으로 빛나는구나
제 앞가림도 어려운 노동살이 속에서도
비굴하고 이기적으로 찌들리지 않으며
동료들을 위하고 나라를 걱정하는
정의로운 여인으로 성장했구나

아아 딸아 내 새끼야
노동해방 민주투쟁 혁명이란 무서운 말도
네 입에서 나오니 따끈한 쌀밥만 같구나

네가 입은 푸른 죄수복조차
푸른 보리물결마냥 싱그럽구나
내가 꿈꾸던 결혼식날의 네 모습보다
법정에 선 네 모습이 화사하고 곱구나

딸아 시방 이 에미가 흘리는 눈물은
네가 불쌍해서도 죄수라서도 아니다
어릴 적 그 큰 눈에 눈물만 흘리던 네가
어느새 이 에미를 울리고 네 동료를 울리고
너의 분노가 다른 이들의 분노가 되어주니
내 가슴이 떨려와서 눈물이 흐르는구나

아아 딸아 내 딸아 우리의 딸아
너는 이 에미도 모르게 훌쩍 커서
욕심이 주름진 내 좁은 품을 떠나
자랑스런 민중의 큰딸이 되었구나
네 모습이 빛나서, 네 말씀이 눈부셔
제 딸년을 죄수로 세워놓고도
나는 이리 떳떳하고 자랑스럽게

혼신으로 외치는 너의 말씀을
목 메인 합창으로 부르짖는다

'가라 자본가세상, 쟁취하자 노동해방'

마지막 부부싸움

두 달 남은 곗돈을 떼이고
아끼던 결혼반지를 도둑맞고 나서
아내는 짜증이 늘어만 간다
언제 저런 성깔이 있었던가 싶게
사소한 일에조차 신경질을 부린다

임금인상 요구안을 밀고 당기며
엄살 반 협박 반으로 간교하게 들이미는
한두 번 속아본 게 아닌 회사측의 수작을
중식거부 잔업거부로 밀어붙이고서
내일부턴 파업농성에 돌입하자고
동료들과 소주잔을 꺾고 돌아온 새벽

방안에 무너져 내리는 지친 내 몸 위로
아내는 바가지를 긁다가 제 풀에 흐느끼며
서리서리 가슴에 쌓인 울분을 어쩌지 못해
거친 말다툼 끝에 그만 한대 후려치고 나서
걷잡을 수 없이 폭발하는 설움과 비참함에
나도 함께 얼싸안고 울어버린다

아내여 난들 어쩌란 말이냐
젊은 놈이 이만큼 건실하게 안 쓰고 안 놀고
낮밤 공휴일 체력이 다할 때까지
기계에 고개 처박고 노동을 해도
해도 달도 들지 않는 이 살림을
잘 나간다 싶으면 진창길로 빠져들어
안 좋은 일만 자꾸 생기는 이 노동살이를

갈수록 생활은 주름져가고
우리 가슴속 그늘은 짙어만 가고
아무리 힘들고 고생스럽게 살아가더라도
이웃과 동료에게 해 끼치지는 말자고
남의 눈에 눈물 흘리게 하지는 말자고
벗들을 두고 하늘을 두고 맹세한 우리인데
노동자로 산다는 것이 이리도 어렵구나

아내여 울지 마라
허구헌 날 먹고 사는 걱정에만 매달려
돈 몇 푼에 감정 상하고 찌들리고 다투며

생존의 노예로 살아갈 수는 없지 않은가
그대와 나, 우리 모두는 인간답게 살아야 한다

서로의 가슴에 상처만 더해주는
이 한심한 부부싸움도 오늘로 끝내자
우리가 싸워야 할 대상은 우리가 아니다
동료끼리 경쟁하고 질시하고 편을 갈라
우리끼리 물고 뜯게 하는 바로 저들이다

자꾸만 약해가는 내 몸이 금 가기 전에,
진보하는 세상 앞에 내 머리가 굳기 전에
불안한 가슴일랑 담대하게 곧추세워
날이 밝으면 파업투쟁에 돌입하련다

나 비록 가진 것 없어도
넉넉한 인간으로 당당한 한 남자로
그대 앞에 다시 서기 위하여
떨리는 가슴을 차근히 정렬하며
해 뜨는 아침길을 휘달려간다

허재비

튼실하고 듬직한 게 야생마처럼
깡 좋고 억척스러운 게 질경이 같애
정 많고 포근한 게 울 엄니 닮아서
진달래 피어나던 수줍던 그 밤에
옥이 너를 내 것으로 담쑥 품었제

한달 내내 악착같이 뺑이쳐봐야
방세 찬값 쌀 두 말에 연탄 70장
차 떼고 포 떼어 쑤셔박고 나면
썰렁한 빈 들판의 허재비 같은
적자인생끼리 따로 살 필요 있겠냐며
바야흐로 동거생활로 접어들었는디라

쥐포 한개 과일 한쪽 입에 안 대고
일편단심 김치에 콩나물 된장국으로
징하게도 짠지같이 쪼이고 쫄라
둘이서 누우면 꽉 들어차는 셋방에서
1차로 내년에는 전세방으로 영전하고
2차로 드레스 입고 보란 듯이 식 올리고

3차로 그대는 살림만 하면서 예쁜 아가 낳아
오손도손 살아갈 꿈 같은 날을 위해
우리 제발 다치지 말고 아프지만 말자

오는 설날 구정 연휴엔 말예요
연분홍 고운 한복 화사하게 차려 입고
다복솔 어우러진 황토길 굽이굽이
하이얀 눈길을 사각사각 즈려밟으며
엄마랑 동생 선물 안고 자기는 정종병 들고
고향 부모님께 인사 올리러 가자며
감기에도 잔업철야 자원하며 매달렸다

곱배기를 마치고 난 어지러운 새벽
지난밤 피곤한 짜증에 퉁명스런 말로
그녀를 울린 것이 마음 아파서
출근준비 부산할 옥일 놀래주려고
눈바람 치는 공단길을 쌩쌩 달려와
방문을 살며시 열어 당긴다

억— 이럴 수가,
이럴 수는 없어!
역한 연탄가스 자욱한 방에
두 눈 치켜 뜨고 귀신처럼 엉클어져
퍼렇게 굳어버린 옥아 옥아
싸늘한 네 작은 육신을 부둥켜안고
아냐 아냐 나뒹굴며 몸부림친다

옥아 사랑하는 옥아
너와 내가 무슨 죄를 지었기에
이런 천벌이 어디 있단 말이냐
뼈빠지게 일하고도 닭장 셋방살이에
안 먹고 안 쓰고 이를 악물며
눈 뜨면 공장으로 별이 뜨면 기숙사로
피곤에 쩔어 아픈 육신 휘청거리며
전세방의 작은 행복 꿈꾸었을 뿐인데

손 짤리고 화상 입고 산재당한 벗들
병들고 피기침으로 쓰러져간 정이 숙이

실업자로 헤매고 해고당한 동료들을 보며
그래도 우리는 복받았다고 감사했는데
간당간당 외줄을 타면서도 감사했는데
이 무슨 날벼락이란 말이냐

사랑하는 옥아 옥아
연탄 한 장 아끼느라 떨며 살아온 네가
손톱이 피투성이로 까뒤집어지도록
할퀴고 뜯어도 열리지 않던 저 문
필사적으로 밀어가도 굳게 닫힌 저 문
끝내 열지 못하고 연탄가스에 죽어버린
스물세 살 옥이 네가 공순이 옥이 네가
끝내 쓰러져 허재비처럼 쓰러져
7년 노동살이에 남은 것은 무엇이란 말이야

비좁은 월세방에 비키니옷장 하나
유행 지난 옷 몇 벌에 이불담요 한 채
아껴 쓰던 로션 한 병 카세트 하나
너의 모든 것인 적금통장 65만 원

죽는 날까지 노동하고도 빈 쭉정이로
원통하게 너무 빨리 종쳐버린 옥아
싸늘한 네 가녀린 몸을 부둥켜안고
빈 쪽박 깨어진 꿈을 끌어안고서
나는 통곡 속에 꺼져 들어간다

사랑하는 옥아 불쌍한 우리 옥아
우리를 서서히 질식시키는
이 가난과 강제노동과 천대의 독가스
우리의 꿈과 사랑과 생명을 다 빨아먹고
끝내 죽음만을 던져주는 저 닫힌 문을 향해
원한 맺힌 피눈물의 서릿발 가슴으로
네 차가운 육신 부둥켜안고 치달려간다

빈 들판의 허재비야
빈 쭉정이 우리 옥아
공순이 우리 옥아
노동자 우리 옥아
사랑하는 나의 옥아 옥아

방 구하러 가는 길

결혼하면서 400짜리 신방을 꾸려
그녀는 작은 창에 커튼을 달고
화분 몇 개 걸어놓고 아침마다 물을 주며
예쁜 그릇 살림살이 사 모아가며
없지만 오손도손 즐거웠는데
처녀 때 하청공장 미싱사로
밥 먹듯 해치우던 철야로 골병이 났는지
첫 유산에 앓아 누워 전셋돈 날리고
100에 5만원짜리 월세로 떨어져
아내는 찬거리 100원 200원 깎아가면서
귤 하나 쥐포 하나 없이 절약을 하고
나 역시 동료들 눈치 보며 술자리를 피해
잔업 특근 늘려가며 바둥쳤는데
주인네는 월세를 2만원 더 올려달란다

모처럼의 휴일날 아침부터
아내와 복덕방을 찾아 다니며
100에 5만원짜리 월세를 뒤진다
허리 굽정한 노인네 뒤를 따라가보면

침침한 지하방이거나 공동부엌
화장실도 없는 습습한 쪽방 아니면
수도시설 없는 비닐 친 바깥부엌
5만원짜리 이런 방도 잘 나오지 않는다며
복덕방 영감님은 계약하라고 재촉하는데
아내는 절레절레 고개를 흔든다
비좁은 방이라도 부엌은 달려있어야 하고
기름먼지 땀투성이로 공장에서 돌아오면
쪼그려 앉아 물이라도 끼얹을 수 있는
우리 두 몸 뉘일 방 한 칸 구하질 못해
동네마다 즐비한 복덕방을 거쳐가며
골목 골목 내논 방들 다 돌아봐도 없어,
복덕방 낡은 소파 위에 털썩 주저앉는다

애가 둘이라서 방 얻기가 어렵다고
열흘째 돌아다닌다며 한숨 짓는 아주머니
해마다 싼 방 찾아 이사를 다닐 때마다
점점 작아지는 방 안에 누운 첫날밤이면
눈물이 절로 나고 세상 살맛 안 난다는 야채장수 아저씨

올라가는 방값이 날강도라는 할머니의 한탄을 들으며
답답한 가슴으로 담배연기 깊숙이 내어뿜는다

잔업에 지쳐 절뚝이며 닭장셋방으로 기어들어가
냄새 나는 변소 앞에 종종거리며 줄을 서고
하수구도 없는 부엌에서 수건에 물 적셔 몸을 닦고
소음 매연에 콜록이고 좀도둑에 시달리며
여름이면 장마 걱정 겨울이면 연탄가스 걱정
해마다 오르는 방값에 쫓겨 다니고
허허 이것도 사람 사는 세상이라고
인간으로 짜낼 수 있는 최선을 다한 대가라고
선진조국 대한민국의 노동자 사는 꼬라지라고

저 많은 고층아파트 저 좋은 주택들은
아찔하도록 으리으리한 저 빌딩들은
다 어느 놈들 건지 어느 하늘 건지
노른자위 땅이란 땅은 다 거머쥐고
무슨 용빼는 재주로 도깨비 방망이로
땀 흘리며 노동하지 않고도 신선처럼

저 좋은 집들에 들어앉아 사는 건지
죽어라고 진 빠져라 잔업철야 휴일특근
안 먹고 안 쓰고 안 놀고 노력해도
갈수록 방은 좁아지고 점점 길은 멀어지고
이러다간 토굴 같은 지하실로
산동네 변방으로 밀리고 밀리다가
우리 두 몸뚱어리는 끝내
이 땅에서 추방당하는 게 아닌지 몰라

일당 5,300원짜리 15년 기능공
내 인생은 휘청휘청 어지러워
날이 갈수록 뿌옇게 어지러워
먼지 쓴 얼굴로 눈물 글썽이는
유난히 초라해 뵈는 아내에게
짜증내다 성을 내다 다시 등을 토닥이고
돌덩이처럼 무거운 발걸음으로
방을 찾아서 방을 찾아서
우리 두 몸 뉘일 단칸셋방 하나를 찾아서
100에 5만원짜리 방을 뒤진다

부릅뜬 눈동자로 숨가쁜 맥박으로
핏빛 노을 비탈길을 기어오르며
방을 찾아서 방을 찾아서
지상의 방 한 칸을 찾아 헤맨다
세상 끝의 방 한 칸을 찾아 헤맨다

3

이 땅에 살기 위하여

조업재개

못난 놈들 부끄러운 놈들만 나왔구나
부석부석 술 덜 깬 얼굴 무겁게 수그리고
괜시리 서먹서먹 바쁜 듯이 눈길 피하며
애꿎은 담배들만 뻑뻑 피는구나
아직 덜 지워진 스프레이 구호가 아프구나

하 그래도 다들 안 죽고 출근했구나
이까짓 공장빵이 때려친다며
이참에 출세한 놈 잘나간 놈 하나 없이
작업복 차림 그대로 다들 기어나왔구나
감옥 가고 입원하고 수배 붙은 놈들만 빼놓고선,
미칠 일이지

헛헛 씨팔 우리 다시 일하자
우리가 가면 어딜 가겠냐
묵고 살아야만 하는 생존의 포로 아니냐
안 죽고 안 찍히고 안 짤릴라문
힘 죽이고 다시 일해야 쓴다
아 얼마나 목메이게 우리 외쳤느냐

노동자는 투사 아니면 임금노예라꼬

자 담배 한대 도고 니도 한대 묵어라
우리 고개 쳐들자 점심밥도 많이 묵으라
함마질도 땅땅 용접불도 쐑쐑 쎄게 쎄게 조지라
분하고 서러운 조업재개다 이제 또다시
저 쌔빠지는 실적경쟁 철야특근으로 원상복귀다
열받치는 면담각서 징계회부 정신교육
자본에 군기 팍 잡히는 거다

그래 좋다 우리들 조업재개,
쓰라린 패배의 노동을 한다
참담한 배신의 노동을 한다
그러나 우리는 임금노예 아니면 투사,
착착 조여드는 이 부끄러움
이 굴욕과 수치의 노동이 있는 한
우리는 결국 또다시 투쟁재개다

아픔의 뿌리

내가 교사였을 때
제법 목에 힘도 주고 봉투도 받아가며
그림자도 밟지 않는다는 스승이었다
교사도 노동자다, 하는 순간
아이들 눈앞에서 이년, 저놈, 불순분자,
줄줄이 고개 처박고 기차놀이 해야 했다

내가 간호사였을 때
백의의 천사 순결한 나이팅게일이었다
다 좋지만 우리도 먹고 살아야 하는
간호사도 노동자다, 하는 순간
졸지에 환자 생명을 인질로 삼는
백의의 폭도로 짓밟혀야 했다

내가 전문가였을 때
빛나는 과학자 화이트칼라 예술가로
사회 여론을 주도하는 지도층이었다
내가 노동자로 나서자마자 세상에,
공익을 외면하는 이기주의 집단이라며

무차별 진압대상으로 내몰려야 했다

노동자가 뭐길래 자본가가 뭐길래
노동자가 되는 순간 이렇게 깨지는가
아픈 존재여, 존재의 아픔인 노동자여,
아 나의 뿌리는 거부할 수 없는 노동자
짓밟으라 깨부수라 저 환상의 껍데기를
거기 파릇파릇 성난 새싹 온몸으로 일어서서
이 땅의 착취와 억압을 뿌리째 뽑아갈 테니

우리는 간다 조국의 품으로

우리는 간다 조국의 품으로
조국이 우리에게 반역의 낙인을 찍어도
조국이 우리에게 쇠창살이어도
우리는 간다 조국의 품으로

이 땅의 자식으로 태어나
이 나라의 슬픔과 기쁨 속에 자라나
푸른 하늘 맑은 강 이슬 맺힌 대지 위에
기쁜 노동과 해방의 노래를 불렀다

사랑하는 친구여
이제 더 이상 봄을 기다리지 말자
우리 함께 역사의 봄을 찾아 나서자
조국이 우리를 추방한다 해도
우리는 피어난다 민들레꽃처럼

우리는 간다 어둠에서 어둠으로
목숨 바쳐 간다 흐느끼며 간다
사랑하는 조국의 품, 민중의 가슴팍으로

피로 쓴 노동해방

푸른 생명의 깃발로 간다

머리띠를 묶으며

투쟁이다 드디어 투쟁의 시작이다
이 핑계 저 이유 단체협상 질질 끌며
냉각기간 내내 온갖 협박 갖은 술책
파업투쟁 무산시키려는 저들에 맞서
피를 말리는 인내로 힘겹게 돌파해온
살얼음 준법투쟁도 오늘부로 끝이다

'결사투쟁' '일치단결' '승리쟁취'
붉은 천 위에 박혀 살아 고동치는
선명한 머리띠를 양손에 펼쳐 잡는다
흐릿한 적과 아를 전선으로 갈라내고
흩어진 동지들을 한 대오로 묶어내며
단호하게 머리띠를 질끈 묶는다

부서별로 반별로 개별로 나뉘어져
서로 경쟁하고 씹어대던 너와 나
초짜라고 여자라고 하급자라고
서로 무시하고 겉돌기만 하던 우리는
너나없이 착취당하는 노동자의 이름으로

뜨겁게 머리띠를 함께 묶는다

아득히 떨어져나간 우리의 꿈과 희망을
잊혀져 가는 벗들과 친지와 이웃들을
제멋대로 진행되는 이 나라 역사를
동강난 분단조국 그리운 내 형제를
찢겨져 대립하는 전 세계 인류공동체를
떨리는 손길로 하나로 묶는다

우리 모두 한가슴으로 머리띠를 묶는다
사무치는 열망으로 머리띠를 묶는다
아 동트는 전선에서 머리띠를 묶는다

아직도

아직도 제조업을 하십니까 그 골치 아프고 이윤 적은 제조업을요 일찌감치 부동산 투자나 서비스업으로 전환하시지 아직도 더럽고 힘들고 위험한 육체노동을 하고 계시나요 첨단 과학기술혁명시대에 편안한 전문직 사무직 서비스직도 쌔고쌨는데 아직도 농사를 짓고 계십니까 하하 국제화시대에 아직도 만원버스나 지옥철 불친절한 택시를 이용하시나요 스쿠프나 티코도 참 싸던데 아직도 현금을 사용하시나요 신용카드 멤버쉽 회원권이 무척 편리한데 아직도 정치에 관심이 있으시군요 아직도 사상서나 사회과학책을 보시고 혁명운동을 다 하시는군요 아직도 생존권 투쟁을 하시나요 머리띠 매고 파업을, 단식농성을, 거리투쟁을, 민주주의를, 노동해방을, 양심수 석방을, 아아 아직도 이 나라에는 아직도, 아직까지도, 지금 이 시간에도!

자본행진곡

어느 날 이 나라 강들이 일제히 폐놀을 마시고 음독 자살을 기도했다 논밭들은 비닐을 먹거나 뒤집어쓰고서 질식사를 기도했지 메뚜기 우렁이 반딧불 풀벌레도 일제히 농약을 마시고 뿅 가버린 건지 아니면 총파업을 한 건지 이 나라 도시들은 자욱한 베일로 얼굴을 가리고 하늘이마엔 검은 머리띠를 두르더니 우우웅 우우웅 끊임없이 호곡을 하는 것이야 아이들도 가로수도 꽃들도 산성빗물로다 샤워를 하고서는 흐느작흐느작해 지리산 설악산 한라산 무등산 덕유산 몸매 반반한 산들은 벌겋게 생살을 드러내고 마구 올라타는 거야 결국 이 자보니란 놈이 싱싱한 횟감들을 작업대 위에 세워놓고 팔딱팔딱 금 밖으로 뛰는 놈들은 식칼 테러치듯 도려내고 해고잔지 의식분잔지 또 자꾸 새로운 소프트웨어를 입력시키는 조직이란 놈들은 뼈 발라내듯 선별삭제, 그 애비에미는 100번을 어루만져 키워낸 자식 같은 보리밭에 화르르 불을 지른다 볏섬을 쌓는다 목숨을 쌓는다 하면서 막아본다지만 아 겁나게 용량 큰 자보니란 놈이 우르과 우르과 무서운 식욕으로 다 씹어 삼킨다는데 어허 우리 동네 막둥이가 몇 살인지 알어 마흔다섯이여 애새끼 울음

소리는 텔레비전 연속극에서나 들어본다니까 우리 동네 젊은것들은 쪼글쪼글 환갑이 넘었어 칠순이 뭐야 얼굴에 검버섯 지운 자보니가 말년에 세계를 싹쓸이하더니 기세 등등 정력 펄펄 끓어 넘치며 벽 허물고 주고받고 넣고 빼고 좌삼삼 우삼삼 상삼 하삼에 중칠이요 돌려대며 설치는데 더 잘 먹고 더 잘나고 더 섹시하며 더 자유롭고 더 즐기는 것 싫어하는 인간 있으면 나와보라 그래 일단은 다 먹고 살자고 하는 짓이니까 이건 대세야 대세 자본 행진곡에 본능적으로 발 안 맞추는 인간 없다 이거야 사람아 아 사람아, 그리하여 맛 좋은 양심수도 잡아 묵고 진보란 년 머리채 낚아 잡아 묵고 뭐 노동해방인가 하는 기막히게 영험한 쓸개즙을 산 채로 뽑아 마시는 법이 있대며 곰처럼 입에다 사탕 물려주고 쇠사슬로 묶어서 쓸개에다 콱 꽂아놓고 쪽쪽 빨아먹자고 카아 노동자 쓸개즙만 고였다 하면 쪽이다 쪽 나아가 바야흐로 주체적으로 무공해 처녀까지 인신매매시켜다가 압구정동 한바퀴 롯데월드 무역센타 백화점 63빌딩으로 뺑뺑 돌려 아니 그럴 필요도 없어 대기업 노조원으로 한두 달만 취직시켜봐 도나 도나 돈아 자보니식대로 살아가자, 세련되게

쥐여준 다음 그 징그런 샛바닥으로 쪼옥 쪽 흡수해 먹어 버리자고 그러니 자본행진곡에 더 인간적으로 발 맞춰야 할 것 아냐 째깍 째깍 더 더 더 빨리 빼 이 공순이년이 이 공장빵이 새끼들이 주춤주춤 공장 옥상에 서서 어머니 지옥이 따로 없어 여기가 바로 지옥이야 인간답게 살고 싶었다 나는 공순이가 아닌 미경이다 아악— 시멘트 바닥에 퍽 몸을 던지고 아아 팔뚝에다 볼펜으로 쓴 유서 유서대필 까짓 거 국과수 문서분석 실장님 이하 허위감정 조작감정 땅땅 찍으시고 뇌물 드시고 천하의 공안검찰 꼴 에잇 폭탄주나 크억크억 오모모 열다섯 영계가 너무 야들야들하네요 이 나라 도덕지수는 15점 인간지수도 15점으로 인하되고 물가지수는 상승하고 시험 입시 깍이다 야 참교육 너 퇴학이닷 깍 정치냉소증 정치허무증 에에취다 하이튼 이 세상에 푸르고 생기차고 참하고 해맑고 싹수 있고 거 사람다운 것은 모조리 잡아 묵겠다는 것인데 지 살점인 땅 지 핏줄인 강 지 숨결인 산 지 눈동자인 하늘 지 생명이고 지 자신인 사람 자체마저 다 자보니로 만들어 노동자 죽고 민중이 죽고 사람이 죽고 니 죽고 나 죽고 결국 모다 죽고 자보니만 자보니식대로만 영원 무궁화 삼천리로 살아남자고 오늘도 자본행진곡은 쾅쾅 거리를 울리고 한반도를 울리고 쾅쾅 세계를 울리고 쾅쾅 지축을 울리고 쾅쾅 사람을 울리고 노동자를 울리고 쾅쾅 쉴 새 없이 내 가슴 종을 쳐 울리는데

소를 찌른다

한평생 땅만 파고 살아오면서
갈수록 적자농사로 빚더미에 눌려도
단 하나 희망은 영특한 우리 장남
어떻게든 서울 큰 대학에 입학시켜보자고
시큰거리는 허리에도 약 한재 안 쓰고
골골거리는 애엄마 병원 한번 못 데려가며
50만원 융자금 얻어다 우시장에 나가
튼실한 중송아지 한 마리 골라
이랴 이랴 논둑길로 몰고 오던 날은
종다리도 엉머구리도 내 마음처럼
산들산들 봄바람에 노래 불렀제

아무리 논일 밭일이 바쁘고
한물간 삭신이 지근거려도
뒷산 농약 안 묻은 꼴을 골라 베어다
읍내에서 사온 사료로 싹싹 비벼주면
으적으적 먹어대는 누렁이를 볼 때마다
대학뱃지 달은 성남이놈 모습을 그려보며
아리랑 스리랑 콧노래가 흘렀제

공부 잘하는 우리 성남이놈
서울 큰 대학교 합격은 따논 당상이라 하니
토실토실 방뎅이에 살이 올라서
큰 눈을 꿈벅이며 움머어 울어대는
우리 희망 누렁이야 많이 먹고 살찌거라잉
하루에도 몇 번씩 토닥거렸제

그런데 이게 웬 청천벽력이여
2년 동안 지성으로 키워온 우리 소가
복스럽게 살찌워온 우리 희망 누렁이가
본전치기도 안 된다니, 소값이 개값만 못하다니
지난 세월 썩어 나뒹군 배추 양파 고구마가
악몽으로 어른거려 몸서리치게 어른거려
동네사람들과 마을회관으로 모여들었다
야무진 꿈으로 융자 얻어 스무 마리나 길러오던
영농후계자 서군은 끝내 농약을 마셔버리고
이웃마을 착한 김씨는 야반도주하고 말았다며
뭔가 대책을 세우자고 철수 아범이 울부짖고
소값이 폭락한 것은 미국소를 수입해온

놈들 때문이라며 거칠은 목청이 돋아나고
높은 소작료에 저곡가에 피땀 말리고
이제 ○○놈 소발굽에 밟혀 죽게 되었다고
이웃마을 최씨도 젊은 조카놈도
너나없이 핏발선 성토가 쏟아진다

이젠 더 이상 밟혀 살 수 없다고
순박하게 착해빠진 불평만 할 수 없다고
정부 대책에 속지만 말고 우리 농민들의
단결된 힘으로 싸워 찾아 나서자고
팽팽한 동아줄로 투지를 모아내어
소값 폭락 대책위원회를 구성한다
토론과 준비로 며칠밤을 지새고 나서
마침내 읍내장이 서는 날
소들을 앞세우고 경운기에도 싣고서
온 동네 노인들 부녀자들 학생들 어린아이까지
현수막을 치켜들고 머리띠를 동여매고
힘차게 구호를 외쳐가며 서로서로 앞장서서
대열을 지어 읍내로 전진한다

이 마을 저 동네에서 몰고 나온
개값이 된 소들이 맥없이 울어대고
소울음보다 더 비통한 분노의 함성으로
'소값 폭락 보상하라'
'외국 농축산물 수입 중단하라'
'농가부채 해결하라' 외치는데
번개처럼 출동하여 앞을 가로막고
최루탄을 터뜨리며 방망이를 내갈기는
소 잡고 사람 잡는 저 ○○○들!
할머니가 엎으러지고 김씨가 꼬꾸라지고
우리 성남이 머리통이 깨져나가 피범벅이 되고
일평생 땅만 파며 살아온 우리가
이 나라 밥상을 길러 올려온 우리가
이 나라의 농민들이 무참히도 짓밟힌다

농민이 국가의 적이 된 피 흐르는 장터에서
너도 나도 미친놈처럼 비명을 지르며
대장간으로 달려가 시퍼런 낫을 들고
떨리는 분노로 떨리는 손으로

큰 눈 끔벅이며 움머어 우는 누렁이를
우리 집안의 유일한 희망을
사정없이 찌른다
시퍼렇게 찌른다
시뻘건 선지피를 내뿜으며
처참하게 날뛰는 누렁이를 끌어안고
통곡하며 찌른다
절규하며 찌른다

희망둥이 누렁이가
움머어 해맑은 울음소리 울리며
농지를 농민에게! 결실을 농민에게!
희망을 가득 싣고 발굽소리 힘차게
황금물결 일렁이는 들판 사이로
너울 치며 살아 돌아오는 날까지
우리 농민들의 한 서린 낫을 세워
시퍼렇게 찌른다
내 가슴을 찌른다
내 희망을 찌른다

절정의 시

20××년 ×월 ×일 오전 10시
국민 여러분, 마침내 자본독재는 타도되었다
국가권력은 노동자와 민중의 손에 장악되었다
우리 국민이 반세기에 걸쳐 피 흘리며 투쟁해온
참다운 민주주의, 경제정의가 실현될 것이다
이제 이 나라의 앞날은 주인인 당신에게 달려있다
쾌적한 일터에서 더 높은 보람으로 노동하는 사회,
보다 많은 시간을 맑고 푸른 자연에서 즐기는 사회,
사람다운 가치와 상식이 첫째로 통하는 사회를
우리 자신이 나서서 이룰 수 있게 되었다
민주정부 수립 만세, 노동자 민중의 혁명 만세!
온 생을 바쳐서 이런 시 한 편 쓰고 싶었다
역사의 원고지 위에 내 목숨을 붓대로 세워
순결한 피로 쓰고픈 절정의 시 한 편
나 이대로 죽는다면 먼 훗날 새로운 혁명의 시인이
목숨 이어서 끝내 쓰고야 말 시, 절정의 시

내 눈에 흙이 들어가기 전에는

'내 눈에 흙이 들어가기 전에는
노조란 절대 인정할 수 없다'는
당신의 준엄한 결의를 나는 인정한다
120억 원을 들여 휴먼테러를 육성하고
현대엔진을 폐쇄시켜 본때를 보여주려는
대를 이은 결사정신을 나는 인정한다

신성하다는 이 나라 법과
정론을 펼친다는 자유언론과
여소야대 국회쯤은 느긋하게 주무르며
최루탄과 총칼 감옥 모든 공권력을
언제든 자본수호 전선으로 총력 동원할
전지전능한 힘이 있다는 것 또한 나는 인정한다

좋다 인정한다
피를 부르는 당신의 신념을 나는 인정한다
그러나 우리 노동자 역시
두 눈에 흙이 들어가기 전에는
민주노조는 결단코 포기 못한다

이 착취체제는 더 이상 용납 못한다

치욕의 긴 세월
휴먼테크 삼성의 신화를 위해
현대공화국을 떠받치기 위해
수많은 노동자가 쓰러져갔다
오늘도 현장에선 수십 명의 노동자가
비명조차 못 지르고 죽어가고 있다
네 무식한 신념을 위하여
네 끝없는 자본증식을 위하여

아, 그렇다면 둘 중 하나의 눈에
먼저 흙이 들어가야 한다
한줌도 안 되는 독점자본가를 위해
우리 천만 노동자들이 날마다
피땀 빨리며 쓰러져갈 순 없지 않은가
이제 우리 노동자의 정직한 손을 들어
그대 두 눈에 흙을 집어넣어야겠다

이 치떨리는 착취체제를 끝장내기 위하여
노동해방의 꽃무리로 물결치기 위하여
거대한 네 무덤을 힘차게 파들어가
깨끗이 너의 악을 잠재우고 말겠다
내 눈에 흙이 들어가는 순간까지
내 눈에 승리의 눈물 흐르는 그날까지

오 인간의 존엄성이여

불꽃 튀는 임금투쟁
전 조합원의 눈과 귀가
2차 교섭장 테이블로 뻗쳐 있는데
내내 침묵만 지키던 김 전무님께서
막판에 한 말씀 하신다기에
일시에 좌중이 긴장하며 조용—
품위 있게 마이크를 턱하고 잡더니 왈,

'거 자꾸 노동력을 판다 판다
그러는데, 그 말 좀 쓰지 맙시다
인간 존엄성을 존중한다는 면에서
거 판다는 말이 거슬리네요'

세상에, 무식해도 유분수지
그러면 노동력을 자본가에게 적선한다고 할꺼나
아니면 인간성을 송두리째 판다고 할꺼나
기가 막힌 우리 노동자 대표가
장중하게 마이크를 움켜잡고서

'인간 존엄성이 중요하기 때문에
노동력을 판다는 말을 쓰고 있는 것이오
우리는 자본가에게 노동력을 파는 것이지
우리의 인격 전체를 파는 게 아니란 말이오
노동자가 종살이를 하는 게 아니란 뜻에서
오로지 노동력을 판다 판다 하는 것이오'

지금까지 동등한 인간의 존엄성에 입각하여
인격적 대우와 권리와 대가를 주장할 때마다
피도 눈물도 없는 냉혹한 장사꾼이 되더니만
그대들 자본주의적 원칙에 입각하여
산술적으로 노동력의 대가를 요구하는 지금
갑자기 휴머니스트로 돌변하시어
노동력을 판다는 말이 귀에 거슬린다 하니
오 인간의 존엄성이여!

인간의 존엄성을 존중하기 위하여
우리는 오늘 노동력을 판다,
판다고 확실하게 말하는 것이다

그러나 이렇게 노동력을 팔아야만
먹고 살 수 있는 임금노예의 운명은
더 이상은 인정할 수 없다

인간의 살과 피와 신경을 빨아먹고
사랑과 감성과 생명력을 소진시켜
인간의 존엄성을 근본적으로 말살하는
이 살 떨리는 자본주의-
인간에 의한 인간의 착취체제를 불사르고자
우리는 노동해방의 찬연한 불꽃을 키워가며
오늘도 쓰라린 임금투쟁을 하고 있는 것이다

오 자본주의여!
오 인간의 존엄성이여!

무너진 탑

공장 게시판 해고자 명단에
내 이름 석 자가 콱 박히던 날
내 인생은 무너져버렸다

몸이 아파도 결근 한번 하지 않고
잔업 철야에 손가락 두 개 날아가고
모진 욕설 천대조차 이를 물고 감내하며
공장 일을 내 일처럼 솔선수범 근무자로
청춘 바쳐 피를 부어 쌓아온 탑인데
하루아침에 송두리째 무너져버렸다

열 달만 부으면 끝나는 적금도 깨지고
13평짜리 아파트청약 내 집 꿈도 깨지고
아버님 회갑잔치 큰애 유치원도 깨지고
의료보험 카드조차 깨져 아픈 막내는
병원 한번 못 데려가 아내는 줄창 울고
구사대 각목에 머리통 깨진 나를 보고 또 울고
깨지고 거덜나 더 이상 무너질 것도 없구나

그러나 무너진 것은 내가 아니지
해고자로 외부세력되어 투쟁한 지 석 달
진실로 무너진 것은 나의 미래가 아니다
동료끼리 경쟁 뚫고 임금 몇 푼 더 받고자
알량한 회식 표창장에 어깨 우쭐해보고자
내 맘속에 솟아오른 이기주의 모래성이
내 온몸에 부식해온 녹슨 껍데기가
단번에 깨끗하게 무너져 내린 것이야

울기만 하던 아내도 파출부 일 나가며
집회장에 함께 나가 투쟁의 손 내뻗으며
당당하게 새순처럼 일어서고 있다
일시 흩어져간 해고자 동지들도
다시 모여들어 일어서고 있다

쳐라 쳐라 폭력테러로
좌경용공 구속조치 탄압의 쇠망치로
네놈들이 짓밟고 치면 칠수록
시퍼런 칼날 되어 내가 일어서고

내 아내가 일어서고 동지들이 일어서고
이 공장 저 공단 전국의 노동자가
우뚝 우뚝 일떠서 손을 치켜드는 날
너 공고한 자본의 황금탑은 끝내
모래성처럼 무너져 내리고 말 것이니

공장의 북

아 니기미 씨펄 펄
드러워서 노조간부 몬해 묵겄네
좌로 가도 우로 가도
앞서 가도 처져 가도
왼갖 욕바가지에 탄압뿐이니
참말 드러워서 몬해 묵겄네

조합원들은 강력하게 밀어붙이지 않는다고
민주적이지 못하다고 독선적이고 권위적이라고
이 소리 저 의견 다 듣다간 세월만 간다고
너무 강경하게 투쟁적으로만 나간다고
수근수근 손가락질 불퉁피식 쏘아대니
와 참말 열 받쳐서 몬해 묵겄다카이

회사 밖에만 나왔다 하면
관리자 안기부 노동부 늑대무리들
수표 들고 살랑살랑 고소장에 수갑 들고
좌경용공 이간책에 백골단 쇠파이프
구사대 청부폭행에 식칼로 옆구리 푸욱

노조간부 일년 반에 생명이 오락가락이니

회사 안에선 조합원들이 비판해대고
회사 밖에선 자본가와 공권력이 탄압해대고
여길 가도 쿵 저길 가도 퍽
와 진짜 니기미 씨펄 펄
노조간부가 동네북이냐 공장의 북이냐
우리가 공공의 북이가 훌쩍 훌쩍

허기사 이몸이 진짜 구제불능으로
어용에다 독불장군에다 흐리멍텅이라면
호랑이떼 우리 조합원 동지들이 벌써 마
으르르릉 물어가서 타도해부렸겄제
다만 더 열심히 더 잘하자는
격려의 채찍이고 동지적 비판이제

허기사 우리가 진짜로 노예처럼
굽실굽실 고분대면 무슨 탄압이 있겠는가
자나 깨나 투쟁, 일하나 쉬나 투쟁, 투재앵 투쟁,

우리 노동자가 무섭게 성장하여 진출하니
점차 탄압이 거세어지는 것도
마땅하고 당연하고 뿌듯한 일이제

그려 그려
고기는 씹어야 맛이고 북어는 패야 맛이라고
공장의 북은 두둥둥둥 울려야 맛이제
조합원 동지들이여 맘껏 두들기소
쬐께만 잘못해도 싸정없이 두들기소
가열찬 비판으로 뜨거운 동지애로
살아 펄떡이는 북소리가 둥둥 울리게

자본가여 공권력이여 어디 실컷 때려보소
탄압이 몰아칠수록 공장의 북은
노동해방의 북소리로 두둥둥둥
공장을 넘고 공단을 넘어
천만 노동자의 가슴속으로
뜨겁고 웅장하게 울려퍼질 것이니

오늘도 공장의 북은
안에서 쿵! 밖에서 퍽!
주체적인 비판의 손길 뜨거울수록
쉴 새 없이 적의 탄압 몰아칠수록
두웅－ 두웅－ 맑고 힘차게 울려 퍼지네
와 니기미 씨펄 펄

배포자의 꿈

새벽 2시
며칠째 잔업으로 무거운 몸을 깨어
졸리운 눈 부비며 후다닥 일어나
운동화끈을 잡아매고 새벽길 나선다

정해둔 전봇대의 비표 스티커가 선명해
아 오늘도 우리 동지들 이상 없구나
약속 장소엔 벌써 동지들이 나와
잽싼 손매로 신문 접기에 분주하다

나에게 할당된 500부를 챙겨 들고
나직한 목소리로 투쟁! 손인사를 나누고
어둔 골목길을 발소리 죽이며
닭장집을 들러 기숙사를 거쳐
철야중인 후문 담을 타넘으며
한 부 한 부 정성껏 집들이를 시작한다

어둠속에 잠들은 이 공단거리는
숨막히는 절망의 이 공단거리는

더 이상 노예들의 거리일 수 없어
날만 새면 몸 팔러 끌려들어가고
해 지면 진 빨려 내팽개쳐지는
축 늘어쳐진 고역의 거리일 수는 없어

비록 값싼 용지 위의 흐릿한 인쇄지만
우리의 신문은 한 점 불씨가 되리라
노동형제들에게 새로운 자각과 전망을 주고
투쟁의 열정을 불러일으켜 좌절을 떨쳐내고
모두에게 살아 움직일 꺼리를 찾아 나서게 하리라

날렵한 밤고양이처럼 어둔 길만 골라 딛으며
지난주 3공단에서 체포된 정 동지는 지금쯤…
엄습하는 불안감에 뛰는 가슴을 다잡고
칼날같은 긴장으로 좌우를 경계하며
정확하게 쏜살처럼 배포선을 달린다

무겁게 잠들은 이 공단거리가
온 귓전이 멍멍한 힘찬 함성으로 깨어나

빛나는 근육의 물결로 세상을 뒤흔들며
노도처럼 진군해나갈 해방투쟁의 공단거리
아아 빛나는 그날의 거리를 꿈꾸며
한 부 한 부 불꽃을 지펴나간다

아직은 어둠 깊은 거칠은 공단거리
날쌘 제비처럼 배포선을 줄달음치는
굳건한 노동자의 팽팽한 몸짓 위로
신새벽 붉은 태양 동터 오른다

이 땅에 살기 위하여

찬 시멘트 바닥에 스치로폴 깔고
가면 얼마나 가겠나 시작한 농성
삼백일 넘어 쉬어터진 몸부림에도
대답 하나 없는 이 땅에 살기 위하여
일본땅 미국땅까지 원정투쟁을 떠난다

이 땅에 발 딛고 설 자유조차 빼앗겨
지상 수십미터 아찔한 고공농성
지하 수백미터 막장 봉쇄농성
식수조차 못 먹고 말라 쓰러져가며
땅속에다 허공에다 울부짖는다

이 땅에 살기 위하여,
햇살 가득한 거리에 숨어 숨어
수배자로 쫓기고 쇠창살에 갇혀가며
우리는 절규한다 기꺼이 표적이 되어
뜨거운 피를 이 땅 위에 쏟는다

우리가 태어나고 자라온 이 땅

우리의 노동으로 일떠세운 이 땅
사람으로 살기 위하여
사랑으로 살기 위하여
이 땅에 살기 위하여

저 지하 땅끝에서 하늘 꼭대기까지
우리는 쫓기고 쓰러지고 통곡하면서
온몸으로 투쟁한다 피눈물로 투쟁한다
사람으로 살기 위하여
주인으로 살기 위하여

이 땅에 살기 위하여

삶의 대지에 뿌리박은 팽창된 힘

경주 남산 자락에 나를 묻으며 내 마음 깊은 곳에 세 가지 신물信物을 모셨습니다.

진평왕릉은 내 사람이 어떠해야 하는지를 깨우쳐줍니다. 화려해야 눈에 들어오고, 장식이 많고 특출한 형상을 해야만 대단한 것으로 우러르는 이 시대의 안목으로는 진평왕릉의 격조가 잡히지 않습니다. 안으로는 그 위용과 기품을 잃지 않으면서도 소담하고 유순한 인품이 우러나오는 듯한 정서가 있는 왕릉. 그것은 한때의 적이었던 백제문화를 받아들여 자기 것으로 재창조한, 열려 있는 사람의 따뜻한 가슴 같은 것입니다. 허허롭게 트여 있는 개심사와 단아한 기품의 무위사 극락전과 함께 진평왕릉은 항시 나에게 '열려 있으라, 열려 있으라' 나직한 목소리로 말을 건네옵니다.

에밀레종은 뼈아픈 내 침묵 절필 이후에 새롭게 시작할 나의 시詩가 어떤 울림을 지녀야 하는지를 일러줍니다. 장중하면 맑기 어렵고 섬세하면 힘차기 어려운 법이건만, 엄청나게 큰 소리이면서 이슬처럼 영롱한 울림. 참된 시는 날카로운 외침이 아니라 그 누구도 거부할 수 없는 '둥근 소리'여야 하지 않겠느냐, 긴 여운을 지닌 깊은 소리여야 하지 않겠느냐, 그런 울림은 20세기 첨단 기술로도 흉내내지 못한 불가사의한 혼신의 공력으로 만들어지는 것이 아니겠느냐, 그처럼 참된 시는 좋은 시인에게서 나오는 것이니 그만한 삶과 사상과 체험과 고난과 정진이 절실하게 차오를 때 에밀레종 소리 같은 맑고 장중한 큰 울림의 시가 나오지 않겠느냐, 그렇게 내 귓전에 더엉— 울려오는 것입니다.

감은사탑은 나의 참된 시작이 어떠해야 하는지, 내 사상과 운동이 무엇으로 쌓아져야 하는지를 보여줍니다. 단순하면서도 강인한 힘으로 생동하는 아름다운 모습. 결코 허세를 부리는 억지 상승이 아닌, 삶의 대지에 뿌리박은 팽창된 힘으로 유지되어 있어 조금도 흔들림이 없는 엄정한 기품이 서려 있는 감은사탑. 제가 처음 감은사탑을 접했을 때의 전율과 감동은 영원히 잊지 못할 것입니다. 현실 사회주의가 붕괴하고 동시에 떨어진 사형, 곧이어 닥쳐올 죽음 앞에 순명하면서 내 운명의 진상을 차근히 지켜보면서 느꼈던 충격과 비슷한 것이었습니다. 왜 무너졌는지, 왜 패배했는지, 참된 시작은 어떠해야 하는지, 감은사탑은 황량한 폐사지에 천 년을 살아남아 말없음의 말로 그 모든 것을 들려주는 것이었습니다. 그해 겨울 내내, 나는 감은사탑 사진을 냉기 서린 감옥 벽에 붙여놓고 화두처럼 궁글리며 참선의 날을 보냈습니다. 얼핏 진리의 옷자락을 만져본 느낌이었고, 이것을 온전히 세우고 드러내는 말을 구하기까지는 아주 많은 공력이 들겠구나 싶었습니다.

경주 남산 자락에 파묻힌 이 침침한 관 속 같은 독방에서, 진평왕릉과 에밀레종과 감은사탑을 내 마음 속 부드러운 자리에 모시면서 성성한 화두처럼 참구하는 것입니다. "모든 것은 변화한다. 부디 게으르지 말고 정진하라." (부처 최후의 말씀)

1993년 5월
경주교도소에서

'겨울나무'의 뿌리 키우기

진보주의적 사유의 새로운 시작을 위하여

김병익

옥중의 박노해는, 소연방의 해체라는 등등의 우울한 소식을 들으며, 깊디깊은 변증의 성찰을 치르는 중인 것 같다. 섣달 그믐의 조금은 들뜬 우수 속에서 문득 눈에 뜨인, 한겨레신문 송년호의 독자 투고란에 실린 그의 「그해 겨울나무」가 근래의 그런 그의 심기를 치열하면서도 아름답게 보여주고 있는 것이다. '1991년 12월 어느 날 서울구치소에서'라고 부기된 이 시에서 그가, 첫연의 끝을, "그해 겨울,/나의 시작은 나의 패배였다"라고 고백하고는, 마지막 3연의 마지막 행을, "그해 겨울,/나의 패배는 참된 시작이었다"라고 맺고 있는 것이 매우 의미깊다. 이 겨울, 시작이 패배였음을 고통스럽게 자인

이 글은 1992년 봄 〈문학과 사회〉 17호에 발표되어 1993년판 〈참된 시작〉의 발문으로 실렸던 것을 재수록한 것임. 김병익 선생은 '성찰하는 지성'으로 50여 년간 문인의 길을 걸어왔다. 1938년 경북 상주에서 태어나 서울대 정치학과를 졸업, 1965년부터 동아일보 기자를 지냈다. 1975년 군사독재 정권에 저항하다 해직된 후 '한국기자협회' 회장을 역임했다. 1970년 계간 '문학과지성'을 창간, 1975년 '문학과지성사'를 설립해 2000년까지 대표를 역임했다. 2005년 '한국문화예술위원회' 초대위원장을 지냈으며 현재 '문학과지성사' 상임고문으로 있다. 저서로는 『지성과 반지성』(1974), 『상황과 상상력』(1988), 『새로운 글쓰기와 문학의 진정성』(1997), 『그래도 문학이 있어야 할 이유』(2005) 등의 비평집과 『지식인됨의 괴로움』(1996), 『페루에는 페루 사람들이 산다』(1997), 『게으른 산책자의 변명』(2005), 『조용한 걸음으로』(2013) 등의 산문집이 있다. 대한민국문학상(1991), 팔봉비평문학상(1994), 대산문학평론상(1997) 등을 수상했다.

하는 이 시의 제1연은, "모스크바에서 몰아친 삭풍"과 "지친 육신에 가차없는 포승줄"이 "그 푸른 꿈은 돌아오지 않는다"라는 비관적인 전언의 동기들이 되고 있지만, 끝연은 '죽음 같은' 그 겨울의 침묵 속에서 "촉촉한 빛을 스스로 만들며 키우고 있음"을, 그리고 이 긴 침묵이 "새로운 탄생의 첫발임을 굳게 믿고 있음"을 희망차게 드러냄으로써, 끝내 "핏속으로 뼛속으로 차오르는" 이 겨울에서의 낙관적인 '신념'을 새로이 찾아내, '참된 시작'을 다짐해내고 있는 것이다. 무엇이, 이 심란한 시대의 차디찬 겨울을 감옥에서 견디어야 하는 그의 심사를 이처럼 반전시킨 것일까. 어떻게 해서 그는 절망의 구렁텅이에서 새삼스런 내적 지양의 계기를 획득해낸 것일까. 이 시의 두 번째 연에 그 실마리가 숨겨져 있다. "다 떨궈주고 모두 발가벗은 채 빛남도 수치도 아닌 몰골 그대로/칼바람 앞에 세워져 있"게 될 때, 그래서 "몸뚱이만 깃대로 서서 처절한 눈동자로 자신을 직시하"게 되었을 때, 그는 이 세계의, 아니, 무릇 삶이란 것의 모든 존재를 유구하게 지탱시켜주는 운명의 진상을 투시했던 것 같다. 한창때의 김지하의 대지적 열정과 분노를 다시 보는 듯한 「그해 겨울나무」의 둘째연 마지막 네 행을 소리내어 읽어보라.

> 땅은 그대로 모순투성이 땅
> 뿌리는 강인한 목숨으로 변함없는 뿌리일 뿐
> 여전한 것은 춥고 서러운 사람들,
> 아 산다는 것은 살아 움직이며

그는, 이 세상과 거기에 목숨을 얹고 있는 사람들의 삶에 대해 밝은 환상을 가진 것도 아니었고, 어떤 개벽적인 변화가 일어나 우리의 모습을 아주 바꾸어놓으리라고 기대하지도 않는 것 같다. 땅은, 그대로, 그것도 모순투성이의, 땅일 것이고, 사람들은 여전히 춥고 서러울 것이며, 뿌리 역시도, 변함없는 뿌리일 것이다. 그러나, 그럼에도 그 뿌리는, 이제 '강인한 목숨으로'(어느 사이에 끼여든, 그러나 달리 바꿔넣을 수 없는 이 구절의 강인한 흡인력!), '변함없는'(목숨과 뿌리를 하나로 엮은 이 어사의 변증법적 통일성!) 뿌리인 것이다. 그 변함없는—강인한, 목숨—뿌리에 대한 직관이 절망을 소망으로 뒤집어 잡아내도록, 그리고 "시작은 패배"를 "패배는 시작"으로, 그래서 "나의 패배"를 "참된 시작"으로 변증적인 변용을 이루어 바꿔 껴안도록 만든다. 추운 겨울, 모순의 땅에 뿌리를 박고 침묵으로 서 있는 서러운 나무—사람들이 "산 것을 보듬어 살리고 있"음은, 되풀이해 다시 인용하면, "살아 움직이며 빛살 틔우는 투쟁"을 위해서인 것이다.

한 해가 가고 그와 더불어 많은 것들을 함께 떠내려보내고 있다는 을씨년스런 망년의 정감에 젖어 있던 내가 그 값싼 감상으로부터 벗어나 한참 동안 절망적인 감동에 내 마음을 맡겨두었던 것은, 분명 박노해의 가장 뛰어난 서정시로 읽힐 이 「그해 겨울나무」의 시적 정서 때문만은 아니었다. 아니, 나는 보다 현실적으로 되어서, 차디찬 감옥에 갇혀 손수건만한 창

밖으로 보일 듯 안 보일 듯 앙상하게 떨고 있는 겨울나무를 바라보고 있을 박노해를 상상했고 그의 무기징역을 기억해냈으며, 그를 그런 처지로 몰아넣은 그의 이념과 그 이념을 위한 그의 힘겨운 싸움들에 생각이 미쳤고, 그의 시에서도 언급되고 있는, 그 이념의 현실적인 수도였던 모스끄바를 회상했고 2년여 전에 그곳을 가보았을 때보다 더 황량해졌을 현실사회주의사회의 한 모습을 그려보았으며, 그리고는 어느날 문득, 그 전범을 상실해버린 우리의 운동권이 연상되었다. 그러는 동안의 나의 상상과 기억과 사고들은, 모두 춥고, 황량하고, 서러운, 음울한 정경들을 이루고 있었다. 그러나, 그 음울한 심상들을 다시 박노해의 시로 바꾸어 읽고, 그의 시가 예감으로써 그려주고 있는 "살아 있는 것들의 투쟁"의 의미를 되짚어낼 수 있게 되면서부터, 나는 그가 신념하고 있는 이념과 실천의 체계들이 지금 처해 있는 정황에 대한 나의 이해에 내적 반전을 얻어내는 귀중한 계기를 체험하게 되었다. 그리고는, 그렇다면, 하고 혼자서 말했다: 이제 참된 시작이 시작되어야 할 때다.

나는 진보에 대한 밝은 확신을 가지기에는 너무 소심해서 사회주의적 체제의 완성이나 그를 위한 혁명적 변혁을 기대해오지 않았지만, 그럼에도, 우리 사회와 지식세계에서는 진보주의가 절실하게 요구된다고 생각하곤 했다. 그 진보주의는 내가 바라고 있는 현실 자유주의와 민주주의의 형식에 그 실체를 채워줄 것이었고, 우리의 인식의 근거와 지적 전망을 제

한없이 열어줄 것이었으며, 그래서 보수주의와 더불어 현재와 미래를 향한 우리의 선택과 지향에 중요한 대안으로 기능할 것이기 때문이었다. 거기에는, 보다 근본적인 것과 사소한 주변적 이유도 가세하고 있었다. 그 근본적인 것은, 인간의 이기심에 근거하는 자본주의가 피할 수 없이 빨려 들어가게 되는 인간의 소외와 사물화 현상에 대해 사회주의적 휴머니즘이 비판적 지양의 접근 시각을 마련해준다는 것이었고, 주변적 이유는, 자본주의 혹은 보수주의의 가능한 미덕들 역시 상대편의 활성화에 반사적인 힘을 얻어, 함께 강화 육성될 수 있으리라는 점에서였다. 더욱이, 우리의 진보주의적 실천 운동에 대해서는, 치하드려야 할 역사적 기여를 무척 크게 해왔다고 생각한다. 나는 감동하는 마음으로 여러 차례에 걸쳐 말한 바 있거니와, 타인과 공적 사회의 개선을 위해 어떤 노고와 희생이라도 감수하는 그들의 헌신은 선한 인간의 훌륭한 본보기를 보여주었으며, 그 헌신의 대가로, 우리의 민주주의와 자유주의가 바른 길로 들어설 길을 찾게 되었으며 노동자와 소외계층들의 인간적 삶을 향한 자의식과 그 실제적 노력을 추구할 힘이 길어내질 수 있었던 것이다.

그런데, 우리의 진보주의는 시기적으로 매우 불운한 때 자생하기 시작했다. 경제적인 성장과 산업의 발전 및 사회적 성숙이 민주주의의 실제화와 더불어 사회주의적 대안을 요구하게 된 때, 그 이념의 현실적 모델로 상정할 수 있었던 소련과 동구권이 거대한 변혁과 더불어 그 현실적 체제를 자체 와해시키면서 대안의 효력을 의심받게 만들어버린 것이다. 송호

근의 까다로운 말을 그대로 옮기자면, "'성공의 위기'에 대한 대안으로 나타난 민주주의의 실질적인 욕구가 동구권의 '실패의 위기'에 대한 대안으로 나타난 민주주의의 제반 문제 때문에 충격을 받고 있다는 사실"(좌담 「사회주의권의 변화와 한국 사회」, 『문학과사회』 1991년 겨울)이 그것이다. 그것은 곧바로 사회주의에 대한 자본주의의 이념적·체제적 승리로 간주되고 그 진보적 사고체계가 갖는 이상주의적 성격을 환상이나 시대착오적인 것으로 치부해버리도록 만든 것이다. 정작 절실히 필요하게 된 때 그것의 신뢰성이 상실된다는 것은, 아마도 비극적이라고까지 말해도, 지나친 한탄은 아닐 것이다. 그래서 우리의 실천적 이념들은 그 실천에 들어서기 전에 이념적 좌절을 겪어야 했던 것이다. 이 좌절이 운동권의 무기력감으로 급격한 확산을 겪게 되는 데에 우리의 사회주의의 또 한차례의 불운이 겹친다. 80년대 중반부터 공개적으로 제창되기 시작한 우리의 진보주의적 사유에는, 그 사회주의적 이념과 더불어, 정치적 고전민주주의에의 국민적 열망이 뒤섞여 있었고, 실제적 주도권을 행사할 수 없이 주창하기에만 그칠 수밖에 없는 통일주의의 열기가 힘을 돋구고 있었으며, 그리고 어느 단계에 이르러서는, 그 뒤섞인 지향들이 각각의 입지에 따라 분열되지 않을 수 없었다. 중산층은 제도적 민주화의 틀이 이루어지자 급속히 우경화되어버리고, 보수적인 반공주의 정권이 북방정책을 구체적으로 기획하게 되면서 재야의 통일에의 열기도 후퇴해버리고 말았다. 운동권은 소수화되었으며, 그 이론이 정예화되는 대가로 대중적 자리로부터 격리되어야 했고, 그 권역의 숱한 실천주의자들은 방향전환하거나 낙오되기에 이른다. 그래서 미만되기 시작한 실천적 무력감과 이념적 방황은 운동권 출신 작가 김영현에게 다음과 같은 야유를 뱉게 만든다. "이십세기초에는 그래도 모든 인류가 행복했었다오. 자본주의자건 사회주의자건 역사가 진보하고 있다는 사실을 믿었으니까. 그러나 지금은 뭡니까? 진보를 이야기하는 쪽은 오히려 도라이로 취급 받기 십상이지요. 아니, 아니, 더 미치는 일은 진보주의자들이 하루아침에 보수주의자로, 보수주의자들이 오히려 진보주의자가 되었다는 사실이오." (「고도를 기다리며」, 『문학사상』 1991.12.)

어떻든, 우리의 진보주의적 집단은 박노해의 비유대로 "팔락이던 이파리도 새들도 노래소리도 순식간에 떠나보"낸 '겨울나무'의 몰골이 되었다. 그렇기 때문에 오히려, 박노해의 시에 다시 한번 더 기대면, "강인한 목숨으로 변함없는 뿌리"로 하여 "마디를 굵히며 나이테를 늘리며 뿌리는 빨갛게 언 손을 세워 들고/촉촉한 빛을 스스로 만들며 키"울 가능성을 새로이 얻어낼 수 있는 힘찬 반전의 계기를 그것들은 마련할 수가 있게 된다. 우리 경제나 사회에 퍼져 널려 있던 거품 같은 구호들과 제스처들을 우리의 변혁의 실천집단에서도 걷어내버리고, 혹은 신동엽의 유행적인 구절처럼 "껍데기는 가"버리도록 그래서 박노해가 고통스레 소원하듯이 "애착의 떠를 뜯어 쿨럭이며 불태"워 버릴 때, 이들의 "참된 시작"이 시작될 수 있을 것이다. 그리고 그 시작은, 식민지시대의 최서해가 밀리고 밀려서 끝내 사회주의자가 될 수밖에 없었던 「탈출기」의 과정을 연상시키는 박노해의 자기 진술문「여기 사회주의를 노래하는 혁명가들이 있습니다」(『민들레처럼』, 노동자의 벗 1991)에서 "20년 동안 가슴에 품어온 질문 하나"로 제시하는 다음의 물음에서 출발되어야 할 것이다. "왜 사람이 인간다움을 상실하고 속물이 되어가고, 돈의 노예가 되어가는가, 왜 사람이 아닌 돈이 주인이 되어가는가!" 이 질문은, 그가 운전기사가 되어 시내버스를 몰 때 승객들의 얼굴이 토큰으로 보였다는 이야기를 되풀이 말하는 것처럼 소박한 질문이지만, 그러나 그 소박함 때문에 우리 삶의 틀과 그 실제에 대한 비판적 시각의 호소력은 치열하다. 그 소박함을 채우고 있는 진솔함 때문에, 그가 자신의 '사회주의'를 "맑스처럼 가장 중요한 인간 그 자신에 근본을 두고 있다"는 설명에 우리는 저항하지 못한다. 그리고 사회주의에 대한 다음과 같은 그의 관점에 깊은 공감을 보내게 된다.

그러나 사회주의는 결코 완성되어 있거나 폐쇄되어 있는 것이 아닙니다. 그것은 저와 모든 노동자들이 사회주의에 이르게 된 과정에서도 잘 나타납니다. 사회주의는 구체적인 현실 속에 살고 있는 사람들이 인간다운 삶을 추구해나가면서 한걸음 한걸음 진보의 빛을 찾아가다 비로소 도달하게 되는 곳입니다. 인간다운 삶에의 추구가 멈추어지지 않듯이 사회주의도 끊임없이 변화 발전하는 것입니다. 우리 사회가 급변하고 격동할수록, 갈등과 대립이 더욱 깊어질수록 사회주의 사상은 풍부해질 수밖에 없습니다. 새로운 경험과 자각, 새롭게 비추어진 인간적인 자각과 샘

솟는 희망, 그 속에서 얻어진 소중한 성과들이 사회주의라는 틀을 확대시키고 합치점을 찾아 보다 발전된 사회주의, 새로운 '사상의 빛'으로 형성되는 것입니다. (『민들레처럼』, 41면)

그의 사회주의가 서구의 네오맑시즘 혹은 전환기의 동구가 소망해오던 '인간의 얼굴을 한 사회주의'와 얼마나 상통하는 것인지는 그들 모두에 대해 공부가 없는 나로서는 잘 가늠되지는 않는다. 그러나 이른바 '포스트-맑시즘'의 대안 모색에는 그의 관점이 매우 중요한 참조가 될 것으로 믿어진다. '사회주의권의 변화와 한국 사회'에 대한 좌담(『문학과사회』 1991년 겨울호)에서 김형기는 동구권의 변혁에 대한 반응을, 우리가 예상할 수 있듯이, 다음 세 방향으로 짚어낸다. i) 사회주의의 이상이 실현 불가능한 공상이라는 것, ii) 현실사회주의의 실패가 곧 사회주의 사상과 이론의 실패일 수 없다는 것, iii) 맑스주의 내부의 문제성을 인식하고 그 사상적·이론적 혁신이 필요하다는 것 등이 그것들이다. 첫번째의 태도는 이념적 낙오 또는 전향일 것이므로 제외시켜버리면, 실패한 현실을 교정시키기 위해 맑시즘을 보다 강화하고 정통화시켜 변혁의 '올바른 실천'을 더욱 강조하게 되는 길과, 그 과학성의 약점을 인정하고 시대 변화에 맞추어 맑시즘을 수정하고 '현재화'하는 길이 우리 앞에 제시된다. 우리는 맑스로 돌아가 그의 맑시즘으로 복귀할 것인가, 아니면 우리는 맑스로부터 출발하여 그에게서 벗어나야 할 것인가. 문면대로 보아 박노해가 후자의 길을 지시한다면, 나는 그의 의견에 전적으로 동의하지 않을 수 없다. 맑스는 한 세기 반 전의 사회구조 속에서 초기 산업화시대의 생산관계와 싸웠던 것이며 이제에 이르러서는 그의 시대가 예상조차 할 수 없었던 엄청난 변화를 사회와 생산관계가 치러내고 있는 것이다. 기생 계층이었던 중산층이 어떤 계급보다 양적으로 늘어났으며 가장 문제되는 노동의 질과 형태가 전자화와 전산화의 과학기술 개발들로 근본적인 변화를 겪고 있고 소비의 양상이 근원적으로 변모했기(가령 보드리야르가 말하고 있는 '소비의 차이화'와 같은) 때문이다. 후기산업사회에 들어와, 문제들은 사회구조적으로나 생산관계에서, 해소된 것이 아니라 여전히 산적되어 있지만, 그러나 그 문제의 내용과 형태가 달라져버린 것이고, 그래서 그에 대한 싸움과 처방이 달라지게끔 된 것이다. 앞에서 소개한 좌담에서는 이 달라진 시대의 사회주의에 대한 문제제기를 '맑시즘의 르네쌍스?'로 보아야 할 것인지의 질문이 소제목과 함께 나타나는데, 거기서 김형기는 그 제의를 수락하면서 "〔맑시즘의〕 부정성과 긍정성, 낡은 것과 새로운 것의 구분 속에서 창조적인 발전이 필요하다고 봅니다. 그렇다고 할 때, 소련과 동구의 사회변혁에서 얻는 교훈의 기초 위에서 한국 사회의 변혁운동에 대한 새로운 검토가 있어야 된다고 생각합니다"라고 덧붙인다.

맑스로 돌아가기보다는 그로부터 출발하자는 탈맑시즘은 정통 사회주의자들로서는 물론 서운한 권고일 것이다. 그러나 가령, "나는 무너지는 현실사회주의에 함유된 이념사회주의의 순도가 막말로 해서 50% 이하라고 답하겠다. 요컨대 소련의 현실사회주의는 사회주의 고유의 이념을 실현하는 도구

로서 수준 미달이었고, 나아가 맑스주의이론을 간수해온 관리자로서도 자격 미달이었다는 말이 된다"(정운영, 「페레스트로이카 이후: '남의 일'에 대한 유감」, 『문예중앙』 1991년 겨울호, 267면)는 것과 같은 진술은 쉽게 납득되지 않는다. 이 진술에는, 사회적 잉여가 노동자의 생산물임을 인정하는 사회가 자본이 그 생산자라고 빼앗아가는 사회에 의해 밀려난다는 도덕적 가치판단이 개입해 있고, 현실사회주의와 이념사회주의 사이에 '높은 상관관계를 설정하기 어렵다'는 전제가 앞서 있지만, 그 논의의 편의성이 실제의 복합성을 보장해주지는 않을 것 같다. 이 진술에는 이론과 현실 간의 거리를 정태적으로 갈라놓고 사회주의 '고유의 이념'을 불변의 보편적 원리로 설정하면서 맑시즘의 무류성을 그 바닥에 깔고 있다. 그러면 누구의 맑시즘이고 어떤 사회주의의 고유의 이념이며 무엇을 위한 이념인가. 이 반문과 함께 자본주의 사회 자체도 '순도 100%'의 자본주의 체제가 없다는 사실이 여기서 잊혀지고 있음도 생각한다. 그리고 어느 체제도 그 체제의 이념적 현실화를 훼방하는 관료주의와 비합리-반과학주의적 전통이 스며 있고 인간의 이기주의가 음험하게 숨어 있는 것이다. 사회구성의 이 같은 착잡성을 인식하게 될 때, 중요한 것은 갖가지 요소들이 혼효되어 있는 복합적인 상황과 구조일 것이고 그 요소들의 역동적인 관계일 것이며 그 관계가 빚어내는 현실의 구체적인 양상일 것이다. 맑스로부터 출발해서 그에게서 벗어나야 한다는 것은, 세계와 인간, 그리고 그 사이에서 태어나는 모든 현상들을 해석하고 의미화하는 시발점을 맑스의 입지에서 발견

하고 적용하되, 이 19세기의 시대적 사상가에 매여 도식적으로 부회하기보다는, 오늘의 현실에 맞추어 변용시키고 새로이 대응시켜야 한다는 것을 뜻한다. 나는 박노해가 "사회주의도 끊임없이 변화 발전하는 것이고, 사회가 급변하고 격동할수록, 갈등과 대립이 더욱 깊어질수록 사회주의 사상은 풍부해질 수밖에 없다"고 한 말을 그런 뜻으로 받아들이고 거기에 동의하는 것이다.

오늘의, 그리고 다가오는 시대의 그 갈등과 대립이 무엇일까. 물론 자본과 노동 간의 갈등과 노동자계급의 주도화를 위한 타계급과의 대립이라는 고전적 명제를 우선적으로 생각해야 한다. 그러나 그 갈등과 대립의 양상과 그 내질은 이제 현저히 달라졌다. 무엇이 어떻게 달라졌는가를 탐색하고 논의하는 것이 현대의 사회주의를 현대화하는 진지한 태도가 될 것이다. 그 달라짐은 오늘의 사회주의가 현대의 상황에서 어떤 위상에 놓여 있는가를 성찰하도록 요구할 것이며 그에 따라 사회주의적 전략을 새로이 검토할 필요에 부닥칠 것이다. 이런 '현대화'는 사회주의의 전투성을 약화시키고, 이미 서구와 북구에서 보여진 것처럼, 자본주의의 체제 속으로 내화되는 길로 들어서게 만들지도 모른다. 더욱 난감한 것은, 68년의 서구와 미국과 일본에서 강렬하게 전개되었던 신좌파의 정치적 참여로 말미암은 격동 후의 70년대에, 그 선진 사회들에서 나타났던 것과 같은 급격한 보수화 추세로, 우리의 사회주의 운동도 물러날 가능성을 배제할 수 없다는 점이다. 이미 포스트-모더니즘과 그 언저리의 지적 논의의 유행화가 그런 조짐을 드러내고 있는 것이다. 혹은, 환경문제와 비핵화운동, 남북간의 교류와 협력, 경제개방 반대 등으로 사회주의의 기획이 현실의 대안적 프로그램으로 위축되거나 사회운동 차원으로 축소될 가능성도 충분히 예상된다. 그런 실제적 문제들이 중요하지 않아서가 아니며 그 운동들의 절박성을 무시해서가 아니라, 현실체제에 대한 이념적 대안으로서의 사회주의가 그것이 대결하려는 상대의 체제 속으로 수렴될 위험에 그것이 놓일 수 있기 때문이다. 또는, 우리의 운동권이 공명선거운동이나 권력구조 개편을 위한 헌법 개정에 매달릴 때 그 노력들은 보수주의적 지배권력의 유지에 기여하고 마는 결과도 유발될 수 있을 것이다.

그러나, 그럼에도/그렇기 때문에, 이 모든 현실적인 문제들과 현안들에 대해, 우리의 진보주의는 구체적이며 실천적으로 검토하고 탐색하며 대결해야 할 과제들을 안는다. 두려움 없이 실제적인 문제들과 씨름할 때 사회주의의 현실대응력이 발휘되는 것이며 그 씨름 속에서 진보적 사유의 실천적인 지혜가 자라나는 것이고 그 실제적 사항들에 관통하는 사회주의적 원리가 실현될 것이기 때문이다. 이럴 수 있을 때, 박노해 자신은 어떻게 생각하든, 그의 시를 빌어 겨울나무처럼 추위 속에 떨고 있는 진보주의의 장래가 움터 나올 것이라고 나는 생각하고 있는 것이다. 시효가 지나고 있음을 인정해야 한다는 것은 매우 고통스러운 일이지만, 그런 현실을 도외시하고 미련을 버리지 못하고 있는 것은 결코 현명한 일도 아니며 현실성을 갖추게 되는 것도 아니다. 이를 위해서라면, 오늘의 우리 진보주의가 처하고 있는 불운한 위상은 이념의 창조화를 위해 더할 수 없이 좋은 계기를 마련하며, 새로운 시대와 변화하고 있는 또 다른 사회에 대응하는 역동적인 힘을 키우고 있는 중인지도 모른다.

진보적인 사유집단이 힘을 키우고 있다는 조짐을 나는 여러 곳에서 발견한다. 우선 젊은 학자들의 왕성한 학문적 탐구와 그것의 기초가 되는 관점의 수립이 그렇다. 국사학으로부터 사회학·경제학에 이르는 이 방면의 연구자들은 새로운 사료들과 금지되어왔던 자료들을 폭넓게 섭렵하면서 진보주의적 관점에 입각한 참신한 해석들로 그들의 학문적 업적을 축적하고 있다. 그것들은 시야와 분석방법의 틀을 크게 확대하고 다양하게 만듦으로써 기존의 역사와 사회-경제사의 재편성을 요구하고 있다. 미학과 문학에서도 이 비슷한 설명을 가할 수 있을 것이다. 가령 창작방법론에서 새로운 서정을 요청하는 주장들이 예술 각 방면에서 제기되고 있는데, 그것은 교조적인 이념 도식성을 극복하며 운동권의 단순논리를 지양함으로써 예술을 통한 진보적 이념의 확산을 결과하는 동시에 그 이념권의 사유 자세가 매우 탄력적이며 높은 적응력을 가지게 되었음을 알려주는 현상이 될 것이다. 이념집단에서 전투성이 약화되었다는 것은 현실의 조급한 변혁을 위해서는 답답한 일이겠지만 대중적 지지를 확대하며 근원적인 사회변화를 추구하는 데에는 더욱 실현성 높은 태도일 것이다. 적어도, 오늘의 새로운 세대들이 진보주의와 그것의 실천운동에 대한 열의가 엷어졌다는 것은 아쉬운 일이지만, 그 이념과 운동에 대해 두려움과 콤플렉스로부터 벗어날 수 있다는 것은 반가운 일로 받아들여지지 않을 수 없다. 우리의 이념 사회는, 이 반가운 현상을 실제적인 힘으로 발현시키면서 아쉬운 현상으로 퇴영하지 않도록 어떻게 발전적이며 심층적으로 유도할 것인가의 문제를 새로이 생각해가면서, 학문과 예술, 현실과 전망에 대한 진보주의적 이념과 그 방법론들의 적용 폭을 더욱 넓히고 높이는 작업을 수행해야 할 것이다.

마찬가지의 작업은 현실사회주의 운동권에도 요청된다. 88년부터 폭발되기 시작한 노동운동과 노사쟁의는, 그 초기에는 공포스럽고 마치 가치가 전도되는 듯한 충격적인 인상을 사회 전반에 미만시켰다. 그러나 이제 그 공포감과 이질감은, 기업인과 노동자 스스로들, 그리고 사회 일반에게까지, 벗어나게끔 되었다. 운동권에 들어간 자식들에 대해 마치 범죄집단에 끼여든 우범자처럼 겁내하던 극단적인 반응도 이제는 많이 부드러워진 것 같다. 이런 분위기 속에서, 진보적인 정당이 출현하고 있다는 것은 환영할 일이다. 재야 운동권의 복잡한 이합집산과 첨예한 전략적·이념적 차이들 때문에, 그리고 기성 보수 정당들의 압도적인 정치세력과 지배권력의 교묘한 통치술, 그리고 부패한 언론의 야유 때문에, 그리고 더 깊이는, 오랜 보수주의와 반공주의의 억압감으로부터 벗어나지 못하는 이념적 취약성의 전통 때문에, 그 진보적 정당들의 영향력 있는 입지 획득은 당장에는 기대하기 어려울 듯싶다. 그러나, 좌파적 사유와 현실대응에 익숙해 있는 젊은 세대들이 우리 사회의 주도세력을 이루고 그들의 사고와 인식이 실제의 문제들에 대한 이론적·실천적 대안들로 표출될 수 있는 멀지 않은 장래에는, 그 정당들의 사회주의적 정책 실현은 상당히 높은 가능성을 발휘하게 될 것이다. 따라서 현실 참여의 진보주의 집단은 그 때를 위한 지적·실제적 대안과 전략들을 예비해두어야 할 것이며 대중적 지지 기반을 확대할 방안을 강구해야 할 것이다.

박노해의 대지적 열망에서 출발한 나의 생각들은, 그의 신념과 이상을, 체제 변혁적인 이념체계로부터 제도권내의 대안 정책 정당으로, 결국에는 타락한 현실 속에서 흡수되고야 말 세속적 정치세력과 사유체계로 정향해야 한다는 것으로 그친 것 같다. 그것도, 다양한 그 여러 가지 상대적인 것들 중의 하나인 정도로. 그러나 나의 진심은, 내가 속하지 않고는 있지만 그 존재의미에 대해서는 어느 것보다도 충심으로 동의할 수 있는 이 진보주의적 신념체계가, 이제 우리 사회와 지식세계에 더욱 중심적 논의로 틈입해들어와야 한다는 점에 있다. 나는 세계에 대해서든 인간에 대해서든 다양한 시각과 다기한 방법론에 의해 복잡한 존재상과 의미망으로 분석 평가되어야 한다고 생각해왔으며 그 갖가지 입지들은 근원적으로 보수/진보, 개인/집단 등등의 두 가지 거대체계의 구도로 수렴될 수 있다고 보아왔다. 그런데 우리의 사유 세계는 현대사의 폐쇄적인 구조 때문에 어느 한쪽, 그러니까 보수—우파—개인주의적 사유노선으로 굳어져왔으며 그것이 우리의 인식지평을 편향적이며 고식적이고 상투적으로 불구화시켜왔다고 진단

해왔다. 80년대 이후의 우리의 진보적 사유운동들은 바로 그러한 우리의 고착된 정신사적 한계를 돌파할 계기와 힘을 일구어준 것이다. 그래서 우리의 탐구전망을 전방위적으로 열어놓을 가능성을 보여주었다. 물론, 그 사유운동들은 그 자체로서 현실을 새로이 해석하고 비판하며 변혁을 주도할 자산과 활력을 압도적으로 많이 내장하고 있었다. 더욱이 이 사유운동에 흐르고 있는 삶에 대한 진지성과 이상주의는 어떤 다른 것들의 것보다 비할 수 없는 역동력과 도덕성을 발휘하는 것으로 인정되어야 할 것이다.

그 진보주의가, 우리에게 유입되어 채 반세대가 되기도 전에, 그래서 두 개의 중심축 같은 사유체계의 하나로 심겨져 뿌리를 내릴 수 있기도 전에, 어쩌면 고사될지도 모른다는 우울한 예상에 놓여 있게 된 것 같다. 그런 예상의 가장 커다란 이유는 무엇보다 동구의 현실사회주의의 패배에 있고, 국내의 여러 정황과 진보주의 집단에 대한 노골적인 억압에서도 연유하는 것이지만, 물론 그런 현실 정치적인 여건 때문만은 아니다. 이른바 후기산업사회, 그 안에서 가능한 소비 중심의 생활과 문화와 의식 체계에는 인간과 그 삶의 형태를 기능주의적이고 일상주의적인 것으로 둔화시킬 가능성이 압도하고 있고 그것들은 삶의 진지성과 의식의 이상주의다움을 약화시키게 된다. 이미 그러한 풍속들이 우리 사회의 곳곳에서 번져가고 있거니와, 포스트-모던적 양상들이 나타나게끔 만드는 첨단적 과학기술들의 생활화와 편의화는 현실과 일상에 대한 반성을 희석화시키면서, 인간의 욕망과 꿈을, 비틀어 추하게 만들지 않고서는, 그래서 타락한 모습으로 변모되지 않고서는, 결코 드러날 수 없는 상태로 전락시킬 것이다. 21세기란, 물적 양상에서는 풍요와 진보의 시대를 마련해주겠지만, 인간주의적 측면에서는 왜곡과 무책임의 반인간적 삶으로 나타날지도 모른다. 이런 정황은, 자본주의체제에 대한 안티테제로서 현실적인 측면 못지않게 내적 긴장을 지탱시켜줌으로써 사물화적 인간관에 치열한 견제와 수정을 가해온 진보주의의 현실세력이 와해되고 있는 90년대의 전지구적 이념체제 지형도의 변화들 때문에, 더욱 가속화될 것이다(아무런 저항을 받지 않고, 새로이 이 지구를 휘젓고 다니는 저 팍스 아메리카나의 횡포를 보라). 그래서, 아마도, 사회주의의 이상주의적 전망과 현실비판적 시각은 더욱 쇠락하고 주변적인 사유로 밀려날지도 모른다.

그러나 이런 때문에, 그것들이 더없이 초라해질 수 있기 때문에, 진보주의에 대한 꿈은 더욱 절실하고 그것의 미덕들은 더더욱 존중되어야 할 것이다. 그리고, 박노해처럼 자연의 법칙에서 인간사회의 생명성을 일구어낼 수 있다고 믿는다면, 나무가 겨울에 뿌리를 키우듯이, 사상과 정신도, 암울하고 을씨년스러울 때, 오히려 그 기반을 새로이 다지고 넓히며 힘을 다시 모아 다듬을 수 있을지도 모른다. '과녁이 숨어버린 시대' 혹은 '혁명이 불가능해지는 시대'가 그 의지와 열망을 여리고 어둡게 만들더라도, 그래서 진보주의자들의 겨울나무에의 꿈이 철 지난 것들에 대한 그리움처럼 안쓰럽게 보여지더라도, 바로 그렇기 때문에, 이상주의와 진지성에 대한 열망은 가없이 부풀려내야 한다. 아도르노의 어법을 빌리자면, 우리가 희망을 갖는 것은, 희망을 잃어버린 사람들을 위해서이다. 지금, 소멸될지도 모를 운명에 놓여 있기 때문에, 정작 겨울나무의 꿈은, 더욱, 밝고, 따뜻하고, 귀중한, 것이지, 않으면, 아니, 되리라.

위의 글(『문학과사회』 17호; 1992 봄)을 쓴 지 1년 몇 개월이 지났다. 짧은 기간인데도 세상은 많이 변했고 또 변하고 있다. 그리고 총선거와 대통령선거가 있었고 새로운 정권은 지금 여러 부분에 걸쳐 '비리의 척결'과 새로운 '개혁'을 펼치고 있다. 집권층에 의해 이루어지고 있는 이 변화들은, 이념적으로는 정통 보수주의로의 회귀 또는 그것의 강화로 보이지만 그 열기와 파급의 정도는 이상주의적인 열정을 드러내고 있다. 그것은 달리 말하면, 진보적 이념들이 더 쇠퇴하고 그 열정들이 보수주의적 변화의 열정으로 흡수될 가능성을 갖는다는 것을 뜻한다. 많은 노동자층들이 '고통의 분담'을 외치는 통치권력에 동의하고 있다는 것이 그런 모습의 한 예일 것이다.

이런 정황이기 때문에 박노해의 시는 다시, 그러나 더욱 진지하게, 읽혀져야 할 것이다. 그가 「그해 겨울나무」에서 드러낸 음울한, 그럼에도 그 음울함을 통해서야 얻어질 수 있는 미래에의 따뜻한 소망이 더욱 절실하게 느껴지며, 언젠가의 보람 있는 앞날을 위한 새로운 정신적 지향으로 받아들여질 수 있기 때문이다. 그런 그의 새 시집이 『참된 시작』이란 이름을 달고 있는 것이 시사적이다. 그는 거듭 다짐하며, 우리의 진보적 이상주의가 분명 새로운 출발로 나아가기를 열망하고 있는 것이며, 그럼으로써 그는 노동현장의 가혹한 현실에 대한 가파른 분노를 내뿜던 80년대적 노동자-시인에서 부정되어야 할 이제의 상황으로부터 진정 살아볼 만한 세계를 꿈꾸는, 고뇌하며 이겨내는, 따뜻하면서도 힘찬, 90년대적 시인으로 새로이 떠오르고 있는 것이다.

모쪼록 그의 시들이 밝은 세상에 당당하게 우리 앞으로 펼쳐지듯 그의 몸도 춥고 어두운 감방에서 풀려나 그의 정신과 사유와 행동으로 우리 앞에 현신할 수 있기를, 그런 날이 빨리 다가오기를, 빌어 마지않는다. (1993.5)

참된 시작

2019년 11월 5일 초판 6쇄 발행
2016년 5월 24일 느린걸음 초판 1쇄 발행
1993년 6월 15일 창작과비평사 발행

지은이 | 박노해
편집자 | 김예슬
디자인 | 윤지혜
홍보마케팅 | 이상훈
프린트 디렉션 | 유화컴퍼니
종이 | 월드페이퍼 인쇄 | 한영문화사
특수가공 | 이지앤비 제본 | 에스엠북

발행인 | 임소희
발행처 | 느린걸음
등록일 | 2002년 3월 15일
등록번호 | 제 300-2009-109호
주소 | 서울시 종로구 사직로8길 34, 330호
전화 | 02-733-3773
팩스 | 02-734-1976
이메일 | slow-walk@slow-walk.com
홈페이지 | www.slow-walk.com
instagram.com/slow_walk_book

ISBN 978-89-91418-21-9 03810

이 도서의 국립중앙도서관 출판예정도서목록(CIP)은
서지정보유통지원시스템 홈페이지(http://seoji.nl.go.kr)와
국가자료공동목록시스템(http://www.nl.go.kr/kolisnet)에서
이용하실 수 있습니다.(CIP제어번호: CIP2016011748)